SWORD
MILLENNIUM
소드밀레니엄
FUSION FANTASTIC STORY
유왕 퓨전 판타지 소설

소드 밀레니엄 1

유왕 퓨전 판타지 소설

초판 1쇄 찍은 날 § 2013년 1월 8일
초판 1쇄 펴낸 날 § 2013년 1월 14일

지은이 § 유왕
펴낸이 § 서경석

편집부장 § 권태완
편집책임 § 어정원
디자인 § 이혜정

펴낸곳 § 도서출판 청어람
등록번호 § 제1081-1-89호
등록일자 § 1999. 5. 31
어람번호 § 제1-1524호

주소 § 경기도 부천시 원미구 심곡2동 163-2 서경B/D 3F (우) 420―822
전화 § 032-656-4452 팩스 § 032-656-4453
http://www.chungeoram.com
E-mail § chungeoram@chungeoram.com

ⓒ 유왕, 2013

ISBN 978-89-251-3139-9 04810
ISBN 978-89-251-3138-2 (세트)

SWORD MILLENNIUM

1

소드 밀레니엄

유왕 퓨전 판타지 소설

FUSION FANTASTIC STORY

도서출판 청람

CONTENTS

프롤로그

거대한 궁전은 이곳저곳이 부수어져 있었다.

아래층이 다 보일 정도로 바닥이 꺼져 있는 곳도 있고, 벽이
허물어진 곳도 있다. 그중에는 무언가에 베어지기라도 한 듯,
깔끔한 단면으로 허물어진 곳도 있었다.

그리고 그 파괴된 궁전에는 딱 두 사람만이 존재했다.

한 사람은 기사인 듯, 갑옷을 입고 검을 들고 있었다.

은색으로 밝게 빛나는 갑옷은 이곳저곳 먼지가 묻고, 부패
되고 찌그러져 처음의 형태를 찾아보기 힘들었다.

황금색 드래곤으로 치장되어 있는 검 역시 반으로 부러져
있었다.

그 갑옷을 입고, 검을 들고 있는 사내는 쓰러지지 않기 위해

다리에 힘을 바짝 주고 거친 숨을 몰아쉬었다.

"후욱— 후욱—"

한동안 숨을 고르던 사내가 눈앞을 바라봤다.

폭삭 늙은 노인이 대자로 쓰러져 있었다. 그 노인의 가슴에는 사내가 입힌 검상이 길게 그어져 있었다.

"드디어… 죽었냐?"

결국 사내의 무릎이 꺾였다.

더 이상 다리에 힘이 들어가지 않았다.

"쿨럭!"

사내의 입에서 피가 쏟아져 나왔다. 노인과 싸우며 입은 상처 때문에 내상을 크게 입은 것이다.

"너도… 곧 죽겠구나."

쓰러져 있던 노인의 입이 열리며 다 죽어가는 목소리가 새어나왔다.

겉보기에는 별다른 힘없는 평범한 노인이었다.

희게 난 머리와 수염, 왜소한 체구는 건장한 체격으로만 보면 사내와 싸운 상대라고 믿기 힘들었다.

하지만 노인의 정체를 안다면 오히려 노인을 이렇게까지 밀어붙인 사내가 신기할 것이다.

대흑마법사 아이작 네메시스.

9서클을 이룩하고, 100만 마도 군단을 거느린 마왕.

전 대륙을 공포로 밀어넣고, 대륙의 반을 지배하는 검은 제국의 지배자.

사내가 상대한 노인이 바로 아이작 네메시스였다.

"지랄… 난 안 죽어."

말과는 달리 사내의 안색은 점점 창백해져 갔다.

사내는 대륙 제일검, 검의 천재 카르안.

검에 있어서 대륙의 그 어느 누구도 감히 범접하지 못할 경지에 올라 현 대륙은 물론 역사에서도 그 적수를 찾아보지 못할 최강자.

검술에 있어서는 아이작과 같은 경지에 올라 있는 이였다.

"후우… 크윽."

숨을 길게 내쉬던 카르안이 돌연 가슴을 꽉 붙잡았다.

마치 생명이 점점 빠져나가는 듯했다. 아이작이 행한 저주가 퍼지고 있는 것이다.

물론 그 대가로 카르안 역시 아이작에게 치명적인 상처를 입혔다. 카르안도, 아이작도 살아날 가망이 없었다.

"큭! 너만… 너만 없었다면 나의 백년대계는 성공했을 것인데……."

텅 빈 검은색 하늘을 바라보며 아이작이 주름진 입가를 비틀었다. 화가 난다거나 하는 모습은 아니었다.

단지 아쉬울 뿐이었다.

"백년 내내 삽질한 것, 축하한다."

카르안은 비웃음을 담아 말했다.

점점 의식이 멀어져 가는 것을 느끼며 카르안이 어지러운 눈을 비볐다. 그런 그의 귓가로 알 수 없는 소리와 함께 아이작의 목소리가 들려왔다.

"크하하하! 우리 둘 다 죽겠지만… 나는 천 년 후에 다시 살 아날 것이다."

카르안 역시 노인과 마찬가지로 대자로 뻗었다.

"지랄, 맘대로 해라. 어차피 내가 천년만년 살 것도 아닌데."

될 대로 되라는 듯이 툭 내뱉은 말.

장난스럽게 내뱉었지만, 진심이기도 했다.

카르안은 천천히 눈을 감았다.

그리고 그 눈은 정확히 천 년 후에 떠졌다.

CHAPTER 01
환생

　비교적 나이가 적어 보이는 청년이 고급스러운 침대에 걸터앉아 있었다.

　청년의 손가락은 무엇이 그리 불만스러운지 연신 침대의 모서리를 두드리고 있었다. 표정 역시 잔뜩 찡그려진 것이 기분이 썩 좋아 보이지 않았다.

　"나이 열일곱, 이름 자하르."

　열일곱 살의 어린 청년, 자하르.

　이것이 청년의 신상 정보였다.

　자하르는 무언가를 골똘히 생각하고 있었다. 그러다 무언가 떠오를 때면 어김없이 중얼거렸다.

　"그란데 백작가의 첫째 아들이라… 좋은 집안에서 사랑 듬

뽁 받게 생긴 내력이군."

백작이라는 대귀족의 첫째로 태어났다.

흡족하다. 부족한 것 없는 삶이 불만족스러울 리 없다. 그란데 백작가는 대륙에서 가장 뛰어난 검의 명가 중 하나에 속하는 가문이었다.

달리 검가라는 이름으로도 불리는 가문들 중 하나. 크란 제국을 지탱하고 있는 두 개의 검 중 하나가 바로 그란데 백작가였다.

"대체 지금이 몇 년 후야?"

자하르가 머리를 감싸 안았다.

그의 머리를 지배하고 있는 인격은 자하르가 아닌, 흑마법사 아이작과의 싸움으로 죽은 카르안이었다.

아이작과 흑마법사들은 대륙의 반을 집어삼켰다. 흑마법사는 물론, 아이작의 힘은 가히 재앙이었다.

결국 왕국들과 제국은 결정을 내렸다. 카르안과 아이작의 일대일 구도를 계획했다.

그를 위해 수많은 병사와 기사들, 마법사들이 희생되었다. 그 결과 카르안은 아이작이 차지한 제국의 황성에 들어갈 수 있었다.

마지막 싸움이었다.

패배가 곧 대륙의 끝을 의미하는 싸움. 더군다나 수많은 희생이 동반된 싸움이었다.

어깨가 무거운 만큼 검에 무게가 실렸다. 마지막까지 힘을 쥐어짜내 카르안은 아이작의 숨통을 끊을 수 있었다.

그 대가가 바로 카르안 자신의 목숨이었다. 카르안과 아이작, 두 사람 모두 같은 자리에서 죽은 것이다.

카르안은 세인들이 말하는 천계든, 마계든 저승이든 하는 곳으로 갈 줄 알았다. 한데 눈을 떠보니 마계도 천계도 아니었다.

다시 태어난 것이다. 그것도 자하르라는 멀쩡한 소년의 몸을 가지고 말이다.

'대륙 제일 검사, 시간을 뛰어넘어 다시 태어나다.'

좋다.

딱 하나만 빼고.

"그런데 혹시 아이작 그 망할 자식도 같이 부활한 건 아니겠지?"

아이작이 죽기 전에 한 말이 머릿속에 메아리쳤다.

천 년 후, 다시 태어날 거라던 말.

한 귀로 흘려들으려 했지만 머릿속에 너무 선명히 남았다. 정확히 지금이 언제쯤인지 알 수 없으니 불안감과 답답함만 더했다.

아이작 녀석이 아닌 카르안 자신이 부활했다.

머릿속에 흐르는 자하르의 기억을 되짚어 보건대 오늘은 정확히 천 년이 되는 날이었다, 자신이 죽은지.

'어찌 됐든 다시 한 번 삶이 주어진 셈이니까… 좋게 생각해야지. 그보다 내가 어떻게 다시 태어난 거지?'

그 부분에 대해서는 아무리 생각해 봐도 알 수가 없었다. 아이작이야 워낙 대단한 마법사이다 보니 어떻게 가능할지도 모르지만, 자신은 검사가 아닌가.

'아이작 녀석의 마법에 영향을 받은 건가?'

그렇게밖에 생각할 수가 없었다. 이유라고 할 만한 것은 그것뿐이었다.

자하르는 과거의 일은 우선 묻어두기로 했다.

한 번의 삶이 더 주어졌다. 이유야 어찌 되었든 다시 한 검을 손에 쥘 수 있게 된 것이다.

자하르는 우선 자신의 몸을 점검했다.

눈에 보이는 팔뚝을 살핀 자하르의 눈에 깊은 주름이 파였다.

"뭐야? 뭐 이리 부실해?"

자하르는 자신의 팔뚝을 들어 올려 눈앞으로 가져갔다.

팔뚝은 그리 두껍지도, 부실하지도 않았다. 아주 튼튼해 보이지도 않지만, 그렇다고 약해 보이지도 않았다.

일반인들 기준으로는 딱 적당한 정도였다.

하지만 자하르의 기준에서는 너무나도 부실한 몸이었다.

특히나 자하르의 가문은 검의 명가가 아닌가.

이유는 하나였다.

자하르는 양손으로 얼굴을 감싸며 절망스러운 어조로 중얼거렸다.

"시발, 문학청년이냐……."

그란데 자하르.

전생의 대륙 제일검사 카르안이 차지한 몸의 주인은 순수 문학청년이었다.

그것도 풋풋하고 섬세한 글을 사랑하는.

'무슨 말도 안 되는 일이야?'

천하의 카르안이, 대륙 제일검이었던 카르안이 문학청년이라니!

벗도, 연인도, 가족조차도 검을 전부라 여겨왔던 그였다. 검의 끝이라는 하나의 과제를 가지고 평생을 살아왔다.

다시 태어났다지만 그런 생각에는 변함이 없었다. 죽기 전 못다 이룬 검의 끝을 향해 다시 내달릴 준비가 되어 있었다.

'게다가… 어쩌면…….'

아이작 역시 자신과 마찬가지로 다시 부활했을지 모르는 일.

카르안의 혼을 뒤집어쓴 자하르의 눈동자가 반짝이기 시작했다.

*　　*　　*

그란데 백작가는 검의 명가이다.

제국은 물론, 대륙에서 알아주는 검의 명가로, 그 아버지인 그란데 백작 역시 무척 뛰어난 검사였다.

하지만 그 첫째 아들이자 소영주인 자하르는 아니었다.

검의 명가에서 태어나 독서를 좋아하는 소영주.

다른 가문의 소영주라면 문제가 안 될 터였다. 독서를 통해 다방면으로 여러 재능을 보일 수 있으니 말이다.

하지만 그란데 백작가는 무가. 그것도 대륙에서 가장 뛰어난 검술 가문 중 하나였다.

그런 가문에서 검을 익히지 않는 소영주는 큰 문제였다.

"한마디로 골칫덩어리라는 거지?"

자하르는 자신의 처지를 확실하게 인지했다.

아니, 정확히는 자신의 몸을 차지하던 청년의 처지였다.

"후우, 뭐, 이제부터 바뀔 거니 상관은 없지."

자하르는 침대에서 일어났다.

고급스럽게 꾸며 있는 방 한쪽에 있던 장식용 검이 눈에 들어왔다.

자하르는 망설임없이 장식용 검을 집었다. 화려한 무늬가 수놓아진 검집 속에서 검을 뽑았다.

스릉 하는 소리와 함께 검이 부드럽게 뽑혔다.

"조금 가볍군."

장식용으로 만들어서 그런지 역시 보통 진검보다 가벼웠다. 자하르는 검면을 손가락으로 튕겼다.

팅—

맑은 소리가 검면을 타고 흘렀다.

턱을 쓰다듬으며 자하르가 중얼거렸다.

"강도가 좀 약한데… 장식용이니 어쩔 수 없나? 그래도 머칠 쓰는 정도는 괜찮겠……. 윽.”

검을 구경하던 자하르가 돌연 머리를 부여잡았다.

머리가 욱신거렸다. 뿐만 아니라 손아귀를 타고 파르르 경련이 일었다.

‘뭐지?’

새로운 몸에 적응이 되지 않은 것일까? 아니면 이제라도 저승을 찾아 떠나라는 경고일까?

아니, 아니었다.

직감적으로 알 수 있었다. 머리와 손에 전해지는 이 고통은 다름 아닌 몸의 거부 반응이었다.

‘그렇게까지 검을 잡는 게 싫은 거냐?’

고작 장식용 검일뿐이지만 자하르의 몸이 검을 잡는 것을 거부하고 있었다.

과거에 어떤 일이 있었던 것일까? 이 정도라면 단순히 검을 싫어하는 정도가 아니었다. 어떠한 트라우마가 있는 것이 분명했다.

‘문제는 이 녀석이 그걸 기억하지 못하고 있다는 건데…….’

머릿속을 뒤져 봐도 딱히 검을 두려워 할 만한 계기는 없었다. 아니, 어쩌면 애써 잊고 있는 것일지도 모른다.

“지랄한다.”

자하르가 피식 웃으며 머리를 흔들었다.

트라우마?

그딴 건 나약한 겁쟁이들이나 가지는 망상이었다. 고작 이 따위 것에 검을 포기할 자하르가 아니었다.

철컥—

검을 다시 검집에 넣은 자하르는 옷을 갈아입고 방을 나섰다. 문을 열고 나가자 밖으로 시녀 두 명이 대기하고 있었다.

"일어나셨습니까."

시녀 두 명이 동시에 고개를 숙였다. 두 명의 시녀는 자하르의 뒤를 따라 걸음을 옮겼다.

그런 시녀들을 자하르가 제지했다.

"따라오지 마라."

"예?"

시녀가 어리둥절한 표정으로 되물었다.

자하르는 손에 들고 있는 장식용 검을 앞으로 내밀며 말했다.

"도서관이 아니라 연무장으로 갈 거다."

*　　　*　　　*

"이 근처였나?"

연무장을 향해 걸어가던 자하르는 잠시 걸음을 멈추고 고개를 갸웃거렸다.

대략 이쪽이라고 생각은 나지만 정확히 연무장이 어딘지 기억이 나질 않았다. 아니, 애초에 자하르라는 소년의 기억에 연무장의 위치는 들어 있질 않았다.

"어릴 때 한 번 가본 게 전부라니……."

게다가 그마저도 기억이 희미했다.

결국 길을 잃은 셈. 연무장으로 가서 마음껏 검을 휘두르고 싶은 마음이 굴뚝같은데, 길을 모르니 답답할 노릇이었다.

그때 갑옷을 두른 기사들이 눈에 들어왔다.

"거기!"

자하르가 크게 외치자 잡담을 나누며 걸어가던 두 명의 기사들은 걸음을 멈추었다.

기사들은 곧 자하르를 발견하고는 다가왔다.

"무슨 일이십니까?"

"연무장이 어느 쪽이지?"

"연무장 말씀입니까?"

기사들은 어리둥절한 표정으로 고개를 갸웃거렸다.

그들도 자하르에 대한 소문은 들어서 알고 있었다. 자하르가 검을 배우길 거부한다는 것도, 매일같이 도서관에 틀어박혀 책만 읽는다는 것도.

그런 자하르가 자신들에게 연무장의 위치를 물어보니 의아할 따름이었다.

"왜 그러지?"

"아, 아닙니다. 마침 저희도 연무장으로 향하던 길이었으니, 저희를 따라오십시오."

"그래? 그거 잘됐군."

자하르는 흐뭇한 표정으로 기사의 뒤를 따라 연무장으로 향했다.

연무장은 그란데 백작성의 지하에 위치했다. 영주성의 지하 전체가 연무장으로, 그 넓이는 하나의 군대가 들어가도 될 정도로 넓었다.

연무장에 도착한 자하르는 눈앞에 펼쳐진 연무장의 넓이에 혀를 내둘렀다.

전생에서도 이 정도로 넓은 연무장은 본 적이 없었다. 세월이 흐른 만큼 건축 기술이 발달하고, 더불어 연무장의 구조와 크기 역시 확대된 모양이었다.

"좋아, 아주 마음에 들어."

잠시 눈을 감은 자하르는 숨을 깊게 들이쉬었다.

기억은 없지만, 연무장에 온 것이 아주 오랜만이라는 느낌이었다. 그리운 감정까지 생겨나는 것이 오랜 시간의 공백이 느껴지는 순간이었다.

잠시 감상에 젖어 있던 자하르는 곧 가지고 온 검을 뽑았다.

스릉―

부드러운 소리와 함께 아름다운 검신이 모습을 드러냈다. 허공에 대고 시범으로 검을 휘두르는 자하르에게 기사 한 명이 말했다.

"소영주님?"

자하르는 자신을 부르는 소리에 고개를 돌렸다.

그런데 백작가의 문양이 새겨진 갑옷을 입은 기사가 자신을 보고 있었다. 기사라고 하기에는 상당히 나이가 어려 보이는 녀석이었다.

스물이나 되었을까 싶은 나이의 기사. 이름조차 모르는 그를 향해 자하르가 물었다.

"누구지?"

"제1기사단의 카심입니다. 아무래도 검을 처음 휘두르시는데, 진검보다는 목검을 사용하시는 것이 어떻겠습니까?"

진검은 무겁다.

통짜 강철로 만들어진 진검은 그 무게가 무겁기 때문에 처음 검을 휘두르는 사람은 자칫 휘두르다가 다칠 수가 있었다.

그렇기에 검을 처음 휘두르는 사람은 보통 목검으로 시작하며 차차 근력을 키우게 마련이었다.

"필요없어."

자하르에게는 해당사항이 아니었다.

진검의 무게를 못 이겨 다치는 사람은 검을 처음 든 초보들이 대부분이었다.

대흑마법사 아이작 네메시스를 쓰러뜨린 검사가 그런 초보적인 실수를 한다니, 상상도 할 수 없는 일이었다.

"이거, 실전이나 수련용 검이 아니야. 장식용 검이라 그런지 무게가 그리 많이 안 나가. 뭐… 그런 게 아니라도 검의 무게에 못 이겨 다치거나 하는 실수를 하지는 않겠지만."

자하르는 뽑은 검을 좌우로 흔들었다.

근력이 약한 자하르도 큰 문제없이 들 수 있을 정도로 가벼운 검이었다. 두께가 보통 진검의 절반 정도밖에 되지 않기 때문이었다.

물론 그 때문에 강도가 약하고, 쉽게 부러질 수 있겠지만 그렇게까지 심하게 검을 다룰 일은 없었다.

'게다가 검이 부러지지 않게 싸우는 법도 알고.'

기사들을 안심시킨 자하르는 몸을 돌려 연무장의 중앙으로 걸어갔다.

하얀 제복의 귀족 복장을 한 자하르가 나타나자 연무장에서 검을 휘두르고 있던 기사들의 시선이 자하르에게로 모아졌다.

아무리 도서관에 처박혀 있다고 해도 백작가의 유일한 후계자였다. 여러 행사에 얼굴을 내비쳤고, 때문에 대부분의 기사가 자하르의 얼굴을 알고 있었다.

그런 자하르가 갑작스레 연무장에 등장하자 기사들이 놀란 것도 당연했다. 몇몇 기사가 자하르에게 다가가 인사를 건넸지만, 자하르는 인사를 받을 생각이 없는 듯 오히려 눈을 감아 버렸다.

자하르가 검을 휘두를 자세를 취했다. 그 모습을 본 몇몇 기사들이 비웃음을 지었다.

검이라고는 전혀 모르고 살아온 소영주였다. 그런 소영주가 수많은 기사가 보는 앞에서 당당히 검을 휘두를 준비를 하고 있었다.

어찌 우습지 않을까. 그들의 눈에 비치는 자하르는 한심한 소영주 그 이상도 이하도 아닌 것을.

"소영주님, 자세를……."

보다 못한 카심이 입을 열었다.

적어도 자세라도 제대로 잡아주기 위함이었다. 자하르의 자세는 카심이 보기엔 너무나도 형편없었다.

하지만 자하르는 카심의 말에 귀를 기울이지 않았다. 요지부동인 자하르를 향해 무어라 입을 열려던 카심을 향해 동료 기사가 속삭이듯 말했다.

"내버려 둬."

동료 기사의 말에 카심이 움직이던 것을 멈췄다.

"태어나 처음으로 휘두르는 검이잖아? 얼마나 재능이 있나, 이참에 구경이나 하자고."

킬킬거리며 던지는 동료 기사의 말에 카심의 눈이 착 가라앉았다. 말은 저렇게 하면서도 자하르를 무시하는 속내가 훤히 보인 것이다.

그때 자하르가 눈이 천천히 열렸다.

스윽—

가장 먼저 자하르의 발이 지면을 둥글게 쓸었다.

예사롭지 않은 발놀림과 함께, 자하르의 검이 좌에서 우로 휘둘러졌다.

후웅—

부드럽게 허공을 가르는 검.

이어서 둥글게 바닥을 쓸었던 자하르의 발이 움직였다.

좌에서 우로, 우에서 좌로, 위에서 아래로.

그 간단한 동작들이 이어지고, 발이 움직이고, 그렇게 발의 움직임과 검의 궤적이 모여 하나의 검무가 되었다.

"저, 저건……!"

자하르가 검을 휘두르는 것을 지켜보던 카심의 입에서 경악성이 터져 나왔다.

어느 정도 수준있는 기사라면 알 수 있었다.

단순한 베기와 찌르기, 그리고 발동작으로 이루어진 검술이지만 그 속의 깊이는 결코 얕지 않았다. 저런 동작을 물 흐르듯 자연스럽게 연계한다는 것은 결코 쉬운 것이 아니었다.

카심뿐만이 아니었다.

시작부터 자하르를 비웃던 동료 기사는 물론, 주위에서 그 모습을 지켜보던 모든 기사들 역시 마찬가지였다.

누구 하나 기대하지 않았다. 말대로 태어나 처음 휘둘러 보는 검이었다.

그런데 대체 뭐란 말인가.

자하르의 검무는 아무리 봐도 처음 검을 휘두르는 검사의 것이 아니었다.

'소영주님이 언제 저런 검술을 배우셨지?'

하루 이틀 배운다고 저런 검무를 펼칠 수 있는 것이 아니다. 오랜 시간 검을 휘두르고 숙달이 되어야 한다.

결코 처음 검을 휘두르는 실력이 아니었다.

그렇게 한동안 자하르는 한동안 검무를 추었다.

그러다 그때…….

"큭."

자하르가 돌연 신음을 삼키며 검을 휘두르던 팔을 멈추었다.

카심을 비롯한 기사들이 화들짝 놀라며 자하르를 향해 달려갔다.

                    *   *   *

자하르는 검을 아래로 떨어뜨리고 욱신거리는 오른쪽 팔을 감쌌다.

자하르의 오른쪽 팔은 빨갛게 부풀어 있었다. 검술을 무리하게 펼치다가 근육이 뒤틀린 것이다.

'얼마나 했다고 벌써……?'

방금 전, 자하르가 펼친 검술은 북부의 환검이었다.

상대의 눈을 속이며 싸움의 흐름을 지배하는 환검은 검과 검의 연계와 수많은 변화가 가미된 수준 높은 검술이었다.

하지만 아무리 수준이 높다고 해도 고작 초급 부분.

북부의 하급 기사들이나 수련하는 초급 검술을 펼쳤다고 팔에 무리가 가다니, 생각보다 몸이 훨씬 엉망이었다.

'진짜 형편없는 몸뚱이구만.'

사람의 몸은 사용하지 않으면 퇴화되게 마련이다. 아무리 그란데 백작에게서 물려받은 타고난 근골이 있다고 해도, 거의 움직이질 않고 책만 들여다보니 몸이 부실할 수밖에 없는 것이다.

더군다나 거의 태어나서 처음이라고 할 정도의 격한 움직임이었다.

몸이 놀라는 것도 무리가 아니었다.

"후우, 힘들다."

체력 역시 바닥이었다. 얼마나 검을 휘둘렀다고 벌써 숨이 차올랐다.

곧 카심을 비롯한 기사들이 자하르에게로 달려왔다. 검을 휘두르다 말고 갑자기 고통스러운 표정으로 쓰러졌으니 걱정이 될 법도 했다.

"소, 소영주님! 괜찮으십니까?"

"어디 다치신 데라도……."

자하르는 왼손을 들어 보이며 답했다.

"아, 괜찮아. 무리해서 그런지 팔이 좀 틀어진 것뿐이야."

"어쩌다가……."

카심은 부풀어 오른 자하르의 팔을 보며 안타까운 표정을 지었다.

중간까지의 검술은 정말 대단하다는 말밖에 나오지 않았다. 처음 검을 잡는 자하르가 그런 검술을 펼칠 줄은 어느 누구도 예상하지 못했다.

하지만 역시 무리했던 것일까. 자하르의 팔이 그것을 견디지 못했다. 기사들 역시 무리하게 검을 휘두르다 팔을 다친 경

험이 한 번씩은 있기에 자하르의 부상에 대충 눈치챌 수 있었
다.

'검에 변화를 준 건가?'

카심은 설마 하는 표정으로 자하르의 팔을 바라봤다.

하지만 이내 고개를 설레 저었다.

'그럴 리가 없지.'

검에 변화를 주는 것은 쉬운 일이 아니었다. 어지간한 기사
들도 검에 변화를 주는 것은 어려운 일이었다.

그란데 백작가의 기사들이 여타 다른 귀족 가문의 기사들보
다 수준이 높음에도 검에 변화를 줄 수 있는 기사는 절반 정도
밖에 되지 않았다. 자신 역시 검에 변화를 줄 수 있는 수준의
검사였기에 검에 변화를 준다는 것이 얼마나 어렵고, 고된 노
력과 연습을 필요로 하는지 알고 있었다.

'소영주님은 검을 처음 쥐시는 것 아닌가?'

검을 처음 쥔 사람이 검에 변화를 준다?

말도 안 되는 일이었다.

자하르는 단지 무리하게 검을 휘두르다 팔에 부화가 걸린
것뿐이다. 그렇게 생각하지 않는 이상, 자하르의 팔이 뒤틀린
것은 설명이 되지 않았다.

곧 카심은 그렇게 단정 지으며 고개를 끄덕였다.

"팔을 좀 보여주십시오."

"괜찮다니까."

"저희가 괜찮지 않습니다. 소영주님이 검을 휘두르다 큰 부

상이라도 당하시면 저희가 영주님을 뵐 면목이 없질 않습니까?"

자하르는 살짝 표정을 찡그리면서도 카심을 향해 팔을 내밀었다.

카심은 빨갛게 부어오른 자하르의 팔을 자세히 보고는 말했다.

"근육이 뒤틀렸군요. 검을 무리하게 휘두르다 보면 가끔 이렇게 되는 경우가 있습니다. 시녀들이나 하인들을 시켜 한동안 근육을 풀어줘야 합니다."

"됐어."

자하르는 카심의 손을 뿌리치며 자리에서 일어났다.

이 정도 부상은 아무 것도 아니었다. 굳이 다른 사람의 도움을 받을 필요도 없이, 근육이 조금 뒤틀린 정도는 혼자서도 풀 수 있었다.

자하르는 왼손으로 오른팔을 주무르기 시작했다. 그러자 뒤틀어진 근육이 비명을 지르며 고통이 밀려들었다.

"크……. 아프다."

고통에 표정을 찌푸리면서도 자하르는 계속해서 팔을 주물렀다. 이런 식으로 팔을 주무르며 마사지를 해야 뒤틀어진 근육이 다시 제자리를 찾아온다.

카심은 고통에 표정을 찌푸리면서도 뒤틀어진 근육을 푸는 자하르를 보며 혀를 내둘렀다.

어지간한 독심이 있지 않은 이상 스스로 뒤틀어진 근육을 풀지 못한다. 그만큼 뒤틀린 근육을 풀어내는 데에는 큰 고통을 필요로 했다.

'대단하군.'

매일같이 도서관에 박혀 있었던 소영주에게 어떻게 저런 독기가 있나 싶었다.

자하르는 한동안 팔을 주무르다 조금 나아졌다 싶어 팔을 한 바퀴 빙 돌렸다.

"이 정도면 괜찮군."

중간에 몸에 무리가 간다 싶어 검술을 중단한 것이 다행이었다. 아직 통증이 조금 남아 있긴 하지만 이 정도면 검을 휘두르는 데에 문제가 없었다.

주먹을 쥐었다, 폈다 반복하던 자하르는 넓은 연무장을 바라보며 중얼거렸다.

"일단 근력이랑 체력부터 키워야겠어."

결시한 자하르는 검을 한쪽에 놓아두고, 이내 달리기 시작했다.

*   *   *

자하르의 아버지인 그란데 백작은 전형적인 검사였다.

짧게 자른 강렬한 붉은 머리와 강렬한 눈매는 척 보기에도 검사라는 인상이 다분하게 묻어져 나왔다.

평소 그란데 백작은 연무장에 틀어박혔다. 한 가문의 영주라지만 집무실보다는 연무장이 좋은 그였다.

하지만 오늘 그란데 백작은 연무장이 아닌 집무실에 틀어박혔다.

그간 연무창에서만 너무 시간을 쏟았다. 아무리 검이 좋다고 해도 한 가문의 영주인 이상 다른 업무들도 함께 돌봐야 했다.

그란데 백작은 서류를 들춰보는 이 시간이 정말 싫었다. 깨알같이 적힌 보고서와 서류를 읽는 그란데 백작은 눈이 피로해지는 것을 느꼈다.

"피곤하군."

끼익—

의자를 뒤로 젖히며 그란데 백작은 눈꺼풀을 닫았다.

이렇게 눈과 머리가 피로할 때면 연무장에서 검을 휘두르는 것이 제일이었다. 하지만 또다시 연무장에 틀어박혀 검을 휘두르면 총관이 길길이 날뛸 것이 분명했다.

'일도 많이 밀려 있고……'

아무리 검이 좋다지만 영주로서의 자각이 없는 것은 아니었다. 그란데 백작은 연무장에 시간을 할애하면서도 처리해야 할 일들은 확실하게 처리했다.

눈을 몇 번 껌벅이던 그란데 백작은 다시 서류 더미로 시선을 돌렸다.

"서둘러 끝내고 연무장에나 한 번 들려야겠어."

마음껏 검을 휘두를 뒤를 생각하며 그란데 백작은 잠시 놓아두었던 펜을 잡았다.

똑똑—

"영주님, 저 카심입니다."

"카심? 들어오거라."

그란데 백작은 막 잡은 펜대를 내려놓았다.

곧 카심이 집무실 안으로 들어왔다.

"무슨 일이냐?"

카심을 바라보는 그란데 백작의 얼굴에는 의아함이 가득했다.

카심은 평민 출신의 기사였다.

열다섯이라는 어린 나이에 병사로 지원했고, 뛰어난 실력과 재능을 인정받아 열여덟이라는 나이에 기사로 임명받았다. 신분에 구애없는 그란데 백작가였기에 가능한 파격적인 인사였다.

그란데 백작은 카심을 먼 훗날 기사단장으로 점찍고 있었다. 평민이라는 장벽은 그란데 백작에게는 너무나도 얕은 장애물이었다. 그란데 백작가에서는 오직 실력만이 기사의 전부였다.

평민에서 기사가 되었기 때문일까?

카심의 독기는 지독할 정도였다. 그란데 백작보다 더한 훈련양을 매일같이 소화해냈다. 지금도 역시 평소라면 연무장에 있을 시간이었다.

그런 카심이 자신을 찾아왔다는 것은 무언가 중한 용건이나 할 말이 있다는 뜻이었다.

집무실로 들어온 카심은 그란데 백작의 앞에 서서 고개를 숙여 예를 취했다. 그란데 백작은 손을 휘휘 저으며 카심을 독촉했다.

"쓸데없는 예는 됐다. 할 얘기나 해."

"소영주님에 관한 이야기입니다."

"그 아이의?"

그란데 백작의 얼굴에 호기심이 떠올랐다. 혹시나 했는데, 정말로 자하르 녀석이 연무장에 간 모양이었다.

"그래, 무슨 이야기냐?"

"그게……."

카심은 연무장에서 있었던 이야기를 간략하게 풀었다.

이야기를 듣는 그란데 백작의 표정이 시시각각 변했다. 끝에서 자하르가 처음 검을 다루는 것 같지 않다는 말에는 무척 놀란 표정을 지었다.

"그 아이가 몰래 검을 배웠단 말이냐?"

"제 생각이지만 그렇습니다. 아무리 봐도 처음 검을 다루는 것처럼 보이지는 않습니다."

그란데 백작의 입가에 진한 미소가 피었다.

궁금했다.

아들 녀석이 검을 잡고 있는 모습이. 카심의 말대로, 그토록 훌륭한 검술을 펼치는 모습이.

"흠……."

앓는 소리를 내며 그란데 백작은 책상 위에 가득 쌓인 서류 더미를 바라봤다.

오늘 일은 다한 듯했다. 그렇잖아도 손에 잡히지 않는 서류 작업이었다. 아들의 이야기를 들으니 이젠 아예 눈에 들어오지도 않았다.

‘그렇게나 검을 싫어하던 녀석이 검을 들었다고?’

아무리 골칫덩어리라지만 하나뿐인 아들이었다.

차가운 성품의 그란데 백작이라지만 혈연에 대한 애정이 없지는 않았다. 자하르가 검을 들었다는 소식에 어찌 기쁘지 않을까?

그란데 백작은 자리에서 일어났다.

도무지 일이 손에 잡히지 않을 것 같았다. 연무장으로 가서 아들 녀석을 한 번 볼 생각이었다.

‘기대되는군.’

그란데 백작이 자하르를 만나러 연무장으로 향했다.

CHAPTER 02
천 년 후의 검술

연무장을 두 바퀴 돌자 체력은 바닥을 찍었다.

"후욱— 후욱—"

달리는 속도를 줄이며 자하르는 거친 숨을 몰아쉬었다. 입
에서 단내가 날 정도로 지치지만, 그렇다고 멈추면 단기간 내
에 체력 증진을 할 수 없었다.

'꾸준히 그리고 독하게.'

인간은 한계를 넘어서면서 강해진다. 한계에 부딪혔다고 멈
춰서면 그 한계라는 틀 안에서 맴돌 뿐이다.

자하르는 그것을 전생의 카르안의 몸에서 경험했다.

전생의 자하르, 카르안의 가문은 몰락한 무가였다. 변방의
남작가로, 있는지 없는지도 모를 그런 가문이었다.

하지만 카르안의 아버지는 야심가였다. 다시금 가문을 우뚝 일으켜 세울 야망에 불타 있었다.

당연히 그 영향은 아들인 카르안에게까지 미쳤다. 몰락한 가문이 일어나기 위해서는 마스터를 배출하는 수밖에 없었다.

카르안은 어릴 때부터 죽을 정도로 수련했다. 하루도 거르지 않고 검을 휘둘렀다. 기본적인 체력 단련조차 그에게는 기본이라 하기 힘들었다.

정해진 수련을 다 마치지 못하면 매일같이 아버지의 호통이 날아들었다. 또한 카르안 역시 오기와 끈기가 질겼다.

그렇게 매일같이 미친 듯이 수련했다. 심장이 터질 것 같아도 멈추지 않았다.

한계를 뛰어넘는 훈련 양이었다. 그렇게 매일같이 진념을 가지고 검을 휘두르던 어느 순간, 카르안은 이질적인 무언가를 느꼈다.

생애 처음 마나라는 것을 느꼈던 것이다.

그것이 카르안의 첫 번째 시작이었다. 새롭게 주어진 자하르라는 생 또한, 그와 같은 시작을 하는 것이다.

"후욱!"

숨을 길게 들이쉬며 자하르는 다리에 힘을 바짝 주었다. 그렇지 않으면 힘이 풀려 주저앉을 것 같았다.

그렇게 이를 악물고 달리다 보니 어느 순간 오히려 숨이 편해졌다. 심장 박동도 잦아들고 후들거리던 다리는 자아를 가지고 움직이기라도 하듯 앞으로 나아갔다.

‘됐다.’

그 뒤부터는 점차 편안해졌다.

온몸이 나른해지는 느낌이었지만 달리는 데 큰 무리는 없었다. 처음에 숨이 차오를 때에 비하면 오히려 한결 편했다.

연무장에서 검을 휘두르던 기사들은 하나둘 자하르를 지켜보기 시작했다.

처음에는 도서관에만 박혀 있던 소영주가 웬일로 연무장에 왔나 싶었다. 자하르가 연무장을 달리는 것을 보고는 단순히 체력 운동을 하나 보구나 싶었다.

하지만 처음부터 쭉 자하르를 계속해서 지켜보던 기사들은 놀랄 수밖에 없었다.

자하르가 내달린 거리가 벌써 연무장 네 바퀴였다. 보통 연무장도 아니고, 그란데 백작가의 어마어마한 넓이의 연무장이었다. 어지간한 기사들도 이 정도 거리를 달리면 지치게 마련이다.

한데 자하르는 네 바퀴를 돌고도 계속해서 달리고 있었다. 지금까지 도서관에만 있느라 운동을 할 기회가 없었을 텐데 어디서 저런 체력이 나오는가 싶었다.

“후우—!”

연무장을 달리던 자하르가 깊게 숨을 들이쉬며 뜀박질을 멈췄다. 더 이상 달리다가는 정말 위험할 것이라는 판단이었다.

자하르가 제자리에 선 것은 정확히 연무장을 다섯 바퀴를 돌았을 때였다.

‘최소한 열 바퀴를 단숨에 돌 수 있을 때까지 체력만 길러야 겠군.’

기초 체력은 그 정도면 충분했다. 그리고 동시에, 근력도 기를 생각이었다.

자하르는 눈을 감고 숨을 고르며 앞으로의 수련 일정을 머릿속으로 정리했다. 우선 자신의 몸을 아는 것이 중요했다.

눈을 감고 몸 상태를 점검한 자하르가 필요한 것들을 정리했다.

우선 필요한 것은 근육과 체력.

체력이야 말할 것도 없고, 검을 휘두르면 거기에 맞게 반응할 수 있는 단단하고 유연한 근육이 필요했다.

‘운동을 꺼려해서 그렇지, 체질 하나는 좋군.’

자하르라는 소년의 신체의 자질은 꽤나 좋았다. 운동을 전혀 하지 않았다는 점을 생각해도 발육이 나쁘지 않은 편에 속했다.

더군다나 마나를 쉽게 받아들이는 체질이었다. 가장 마음에 드는 부분은 전생의 몸과 골격과 체질이 비슷하다는 점이었다.

즉, 체질적 감각만 놓고 본다면 대륙 제일검이었던 카르안과 비슷하다는 뜻이었다.

단지 문제가 있다면 너무나 오랫동안 몸을 놀리지 않아 신체의 모든 것이 빈약한 문학소년 그 자체였다는 데 있었다.

기초가 전혀 쌓여 있지 않으니 심한 고생이 뒤따를 수밖에.

'이런 녀석이 도서관에만 처박혀 있었단 말이지?'

의지 빈약만 아니라면 반드시 훌륭한 검사로 성장할 수 있을 터. 참으로 아까운 재능 낭비였다.

그렇게 자하르가 눈을 감고 생각에 잠겨 있을 때였다.

"자하르야."

자하르는 자신을 부르는 목소리에 퍼뜩 눈을 떴다.

눈을 뜨고 고개를 들어 보니 그란데 백작이 자신을 내려다보고 있었다.

자하르의 눈이 반짝였다.

'아버지?'

카르안의 생각이 아니었다. 자하르의 몸이 반응하는 너무나도 자연스러운 생각이었다.

카르안의 혼과 인격이 더해졌다지만 자하르의 몸과 기억이 완전히 사라진 것은 아닌 것이다. 인정하기는 싫지만 자하르는 자연스레 그란데 백작을 아버지로 인정하고 있었다.

"어쩐 일입니까?"

자하르는 옷에 묻은 먼지를 툭툭 털어내고는 자리에서 일어났다.

"검을 잡았다고 들었다."

기사들 중 한 명이 재빨리 보고를 한 듯했다. 그래도 잠깐 달리고 쉬고 있는 사이 온 것을 보면 아무래도 이야기를 듣자마자 곧장 온 모양이었다.

"그렇게 됐습니다."

“무슨 바람이 불은 게냐? 좋은 일이긴 하다만… 게다가 듣기로는 검을 처음 잡은 것 같지 않다고 하더구나.”

“한 가닥 하긴 합니다.”

몸이 뒷받침된다면 어느 누구에게도 검술에 밀리지 않을 자신이 있었다. 그것은 지금 당장 눈앞에 있는 그란데 백작에게도 통용되었다.

어느 누구도 자신의 앞에서 검술을 논할 수는 없다. 자하르에게는 그러한 자신감이 있었고, 그러한 자신감을 뒷받침해 줄 실력도 있었다.

‘몸이 병신이라 그렇지.’

어깨를 으쓱이는 자하르의 모습을 보며 그란데 백작은 속으로 적잖이 놀랐다.

자신을 마주할 때면 항상 주눅이 들던 자하르였다. 검을 멀리한다고 자주 꾸짖었던 터라 당연한 일이었다.

눈조차 제대로 마주하지 못하던 녀석이, 지금은 이토록 당당했다.

자신만만한 자하르의 대답이 마음에 들었던 것일까.

그란데 백작은 희미한 웃음을 지으며 허리춤에 차고 있던 검을 검집째 건넸다.

“받아라.”

“이게 뭡니까?”

“네 검이다. 그란데 백작가의 장자라면, 그에 알맞은 검 한 자루 정도는 있어야 하지 않겠느냐?”

자하르는 그란데 백작이 건네는 검을 유심히 바라봤다. 사자의 얼굴이 새겨진 검집에, 손잡이는 푸르스름한 빛을 뿜고 있었다.

한눈에 보아도 고급스러워 보이는 검이었다. 자하르는 그란데 백작이 건네는 검을 받았다.

검을 받아 든 자하르의 눈이 동그랗게 떠졌다.

'가볍다.'

진검이라고 생각하기에는 지나치게 가벼운 감이 있었다. 방금 전, 자신이 휘둘렀던 장식용 검보다도 가벼운 듯했다.

자하르는 고개를 갸웃거리며 검을 뽑았다. 스릉― 하는 소리와 함께 검집에서 검이 뽑혀져 나왔다.

검을 뽑자 날카로운 예기가 손끝을 타고 느껴졌다. 무게가 가볍긴 하나, 느껴지는 예기는 섬뜩할 정도로 날카로웠다.

"좋네요."

"마음에 든다니 다행이구나."

자하르는 그란데 백작에게서 받은 검을 꽉 쥐었다.

마음에 들었다. 무게로 보나, 예기로 보나 예사롭지 않은 검이었다.

새로 얻은 검에 자하르가 만족하고 있을 때, 그란데 백작이 물었다.

"검을 잡을 결심이 확고히 선 것이냐?"

"당연하죠."

"그래? 그럼 내일부터 검을 가르쳐 주마."

그란데 백작은 아주 당연하다는 듯 그렇게 말했다.

하지만 자하르는 생각이 없었다.

"필요없는데요?"

"……."

자하르의 당돌한 말에 그란데 백작이 일순 말을 잃었다.

당황한 것이다.

하지만 곧 냉정을 되찾고는 물었다.

"어째서냐?"

자하르는 씩 웃었다.

"필요하지 않으니까 필요없죠. 다른 이유가 있나요?"

말 그대로였다.

자하르에게는 누군가의 가르침이 필요하지 않았다. 이미 검에 있어서는 정점을 찍었던 그였다.

그란데 백작 역시 상당한 수준의 검사인 듯싶지만, 자하르의 눈에는 아직 멀어보였다. 자하르에게 진정으로 검을 가르치기 위해서는 검의 신이라도 내려와야 할 것이다.

반면 그란데 백작은 그 말을 검을 잘 모르는 풋내기의 치기라고 여겼다. 자하르의 생각을 알 리 없으니 당연했다.

"그건 네가 잘 몰라서 하는 말이다. 검술을 혼자 배우는 것은 그리 쉬운 일이 아니다. 처음 배울 때 기본을 확실히 다져놓지 않으면 훗날 벽에 부딪힐 때 큰 걸림이 된다."

"압니다."

"그런데도 왜 그런 말을 하는 것이냐?"

"몇 번을 말해요? 필요가 없다고."

자하르의 태도는 완강했다.

그 모습에 그란데 백작은 환해졌던 머리가 다시 지끈거리는 것을 느꼈다.

아들 녀석이 검술에 흥미를 보여 근심을 놓은 것이 방금인데, 이번에는 이런 말도 안 되는 고집을 부리다니. 혹시 검술을 배우기 싫어 이런 잔머리를 굴리는 건가 싶기도 했다.

하지만 자하르의 눈을 보니 그건 또 아닌 듯했다. 확실히 이전과는 다른 눈빛이었다.

"후우……."

그란데 백작은 길게 숨을 내쉬었다.

자하르의 고집은 그란데 백작, 그가 가장 잘 알고 있었다. 계속되는 자신의 권유에도 끝끝내 검을 잡지 않았던 녀석이었다.

그러던 녀석이 무슨 이유인지는 모르나 검을 잡았다. 일단은 이 정도만 해도 다행이었다.

잠시 고민하던 그란데 백작이 말했다.

"알았다. 대신, 모르겠다거나 잘 안 된다 싶으면 나에게 바로 물어보도록 해라."

"그거야 당연하죠."

자하르는 씩 미소를 지으며 고개를 끄덕였다.

모르는 게 있을 리가 있나.

아마 그럴 일은 평생 없을 것이다.

                    *   *   *

다음 날부터 자하르는 매일같이 연무장에 들렀다.

자하르는 연무장에 도착하면 일단 달렸다. 진짜로 한계다 싶을 때까지 달리고, 또 달렸다.

첫날에는 다섯 바퀴를 돌았다. 둘째 날에도 다섯 바퀴를 돌았다.

하지만 체력은 몸을 혹독하게 밀어붙일수록 늘게 마련이다. 쉬지 않고 연무장을 내달리자 어느 순간 체력이 급격히 붙기 시작했다.

열흘이 지나자 열 바퀴를 쉬지 않고 돌 수 있게 되었다.

열 바퀴라는 우선했던 목표를 이루자 자하르는 검을 들었다. 그란데 백작에게서 받은 검이 아닌, 보통 기사들이 사용하는 무거운 진검이었다.

단순히 제자리에 서서 검을 휘두르는 것도 상당한 체력이 필요했다. 그렇기에 자하르는 달리기로 기본 체력을 붙인 후, 검을 휘두르는 수련에 들어간 것이다.

'그럭저럭 근육은 붙었군.'

자하르는 조금은 단단해진 자신의 팔뚝을 바라보며 뿌듯한 미소를 지었다.

이렇듯 단기간의 운동으로 성과를 보기란 사실상 요원한 일이다. 운동이란 꾸준히, 오랜 기간을 해야 그 성과가 나오게 마련이었다.

자하르가 단 열흘 만에 체력과 근력을 눈에 띄게 올릴 수 있었던 것은 마나 덕분이었다.

본래 마나는 오랜 세월 꾸준히 검을 휘두른 이들이 느끼는 힘이었다.

뛰어난 기사들은 고된 수련으로 마나를 느끼고, 보다 높은 경지로 올라간다.

하지만 자하르는 이미 전생에 한 번 마나를 느껴 보았다. 때문에 마나를 느끼고, 그것을 자신의 것으로 만드는 것이 어렵지 않았다.

마나는 사람의 인체에 약이 되는 기운이다. 폐의 기능을 활성화시켜서 체력을 올려주고, 무리한 운동으로 피로한 근육을 말끔히 치료해 준다.

이는 검사에게 있어서 여러 힘이 된다. 근력과 각력, 체력과 안력. 그리고 오감을 비롯한 직감을 극도로 끌어올린다.

검사에게 있어서 힘은 크게 두 가지.

검술과 마나.

어느 것이 그 비중이 높다고 할 수 없지만, 이 중 어느 하나라도 부족하면 그는 뛰어난 검사라고 할 수 없었다.

'이 정도라면 기본적인 검술을 펼치는 정도는 문제없겠어.'

수많은 검술을 알고, 개발했다.

이제 어지간한 검술은 거의 다 무리없이 펼칠 수 있었다.

"이제 슬슬 여기 시대의 검사들과도 싸워보고 싶은데……."

지난 열흘간 무작정 검만 휘두른 것은 아니었다.

적어도 현재에 대한 지식은 필요했다. 전생으로부터 얼마만큼의 시간이 흘렀는지가 우선적으로 알아야 할 과제였다.

카르안이 죽은 후로부터는 천 년이 가까운 시간이 흘러 있었다. 이상하게도 그리 오래되었다는 생각이 들지 않았다. 오히려 당연하다는 생각이 들 정도였다.

자하르는 근처에서 검을 휘두르고 있는 기사들을 둘러봤다.

처음에는 자신에게 관심을 주던 기사들도 이제는 자신의 수련에 몰두하고 있었다. 가끔 눈길질하거나 하는 기사는 있었지만 대부분의 기사는 이제 신경도 쓰지 않았다.

그만큼 자기 관리가 철저하다는 뜻이었다.

게다가 가끔은 자하르도 놀랄 만큼 실력이 있는 기사도 있었다.

'천 년 후 기사들의 검술이라…….'

흥미가 동한다.

자하르가 살던 시대 역시 검술이 많이 발전했지만, 지금의 시대와는 많이 다를 것이다.

퇴보했을 수도 있고, 진보했을 수도 있다. 한 가지 확실한 것은 천 년 전의 검술과는 그 틀이 다를 것이라는 것이다.

'궁금해.'

자하르의 시선이 한 명의 기사에게 박혔다.

다른 기사들의 수련을 도와주며, 검을 휘두르는 시범을 보이고 있는 이.

그런데 백작가의 제1기사단장 라울이었다.

'아직이야, 저 녀석은…….'

현재 자하르를 기준으로 볼 때 라울의 무위는 너무 강하다.

정확한 실력은 모르나 지금 싸워봤자 이길 수 없으리라는 것 정도는 안다.

'저 녀석은 이미 마나를 사용하지 않아도 인간의 육체를 뛰어넘었어.'

마나가 육체와 동화되는 경지.

그런데 백작과 라울이 그러한 경지에 올라 있었다.

달리 말하면, 마스터라는 경지에 오른 것이다.

마스터란 마나를 넘어 그것을 오러로 구현하는 이들을 말한다.

실상 검을 다루는 이들의 궁극적으로 목표로 하는 경지. 그 위대한 경지에 도달한 검사는 전 대륙을 다 뒤진다 하더라도 그리 많지 않았다.

물론 마스터라는 경지가 끝은 아니었다. 분명 그 위도 존재했다. 자하르 역시 카르안으로서 그러한 경지에 발을 들여놓았었다.

하지만 마스터란 무시 못 할 존재인 것만은 분명했다. 적어도 그들은 검에 있어서는 진리를 엿보았다고 해도 좋을 존재인 것이다.

라울 그리고 그란데 백작.

마스터의 경지에 오른 가장 가까운 거리에 있는 무인들.

자하르의 눈에 그 두 사람의 모습이 투영되었다.

'최대한 빠른 시일 내에……'

그의 눈동자가 즐겁게 빛났다.

＊　　　＊　　　＊

한 달이 지났다.

언제나처럼 연무장에서 검을 휘두르는 자하르에게 그란데 백작이 찾아왔다.

자하르에게 가까이 다가온 그란데 백작이 물었다.

"잘되가느냐?"

자하르는 휘두르던 검을 멈추고 근처에 놓아둔 수건으로 흐르는 땀을 닦았다.

"뭐, 평소와 같습니다."

"꽤나 열심히구나."

"제가 재밌어서 하는 일이니 그런 말 들을 필요도 없죠."

자하르는 그렇게 말하며 그란데 백작을 빤히 바라봤다. 마치, 할 말 있으면 해보라는 듯이.

그란데 백작은 자하르의 눈짓에 작게 헛기침을 하며 말했다.

"험험, 이제 검술을 배울 때가 되지 않았느냐?"

"또 그 소리요?"

"네가 한 번이라도 판타즘 검술을 본다면 그런 말은 하지 않을게다.”

그런데 백작의 어조에서 진한 자신감이 배어나왔다.

판타즘 검술은 그란데 백작가의 가전 검술이었다. 대륙에서도 손꼽히는 뛰어난 검술이기도 했다.

내내 관심이 없던 자하르의 귀가 쫑긋 섰다. 그 말은 꽤나 흥미가 동했다.

“판타즘 검술이라… 그건 좀 보고 싶은데요?”

“한 번 보겠느냐?”

“구경만이라면 얼마든지.”

그란데 백작이 고개를 끄덕이며 허리춤에서 검을 뽑았다.

자하르의 눈이 반짝였다.

자하르라는 소년의 머릿속에는 무수히 많은 지식이 들어 있었다. 역사부터 시착해서 언어, 경영, 써먹을 데도 없는 제왕학까지.

하지만 유일하게 단 하나, 검술에 대해서만은 무지했다. 자하르라는 소년이 검술에 전혀 관심이 없기 때문이었다.

그렇기 때문에 자하르는 지금 세상의 검술이 어떠한 형태로 발전했는지, 어디까지 발전했는지 알지 못했다.

일반 기사들이 익히는 검술로는 성에 차지 않았다. 하지만 판타즘 검술은 이 시대에서 손꼽히는 검술이었다.

천 년을 지나 시대를 초월한 새로운 검술은 자하르에게 새로운 깨달음을 선사할지도 몰랐다.

그란데 백작은 눈을 빛내며 자신을 바라보는 자하르를 보며 흐뭇한 미소를 지었다.

"지금 당장은 배우겠다는 마음가짐보다는 검술의 더욱 높은 경지가 어떠한 것인지, 그것을 보도록 해라."

"네, 네."

자하르는 그렇게 대답하게 희미하게 웃었다.

검술의 더욱 높은 경지?

그거라면 자하르의 안에 존재하는 카르안이 잘 알고 있었다. 아마 그란데 백작보다 더욱 잘 알고 있을 것이다.

그란데 백작은 한 발 뒤로 물러나 자하르와 거리를 벌렸다.

뽑은 검을 바로 세운 그란데 백작이 왼손을 검 면에 대고, 검을 비스듬히 뉘였다.

그 자세를 보며 자하르는 눈을 찡그렸다. 어디선가 본 듯한 자세였다.

'이 자세… 어디선가 많이 본 것 같은데……?

"이것이 바로 그란데 백작가의 검술이다. 하압!"

그란데 백작의 검이 대각선으로 그어졌다. 비스듬히 뻗어나간 검은, 가상으로 세워진 적을 수십 갈래로 위협했다.

수십 가지의 변화를 가진 일 검. 고도의 변화를 중심으로 하는 변화 계열의 검술이었다.

'아무리 봐도 낯이 익단 말이야…….'

하지만 일 검만으로 판단하기에는 아직 이르다. 자하르는 계속해서 그란데 백작의 검을 지켜보았다.

수십 가지의 변화를 가지고 뻗어간 검은, 곧 부드럽게 위로 올라갔다. 역시나 수많은 변화를 가진 검이었다.

검이 허공에서 한 바퀴 빙그르 돌았다. 허공에서 한 바퀴 돌아간 검은 가상의 적을 휘감듯 공격했다.

그때 검이 수십 갈래로 나뉘었다. 이전처럼 단순히 변화를 가진 것이 아니라, 검이 수십 개로 나뉘기라도 한 듯했다.

변화의 극에 이른 최강의 환검!

거기까지 눈으로 확인한 자하르는 확신했다.

그리고 진한 실망감이 뒤따랐다.

'내 검술이잖아…….'

자하르가 생전에 만든 열두 가지의 검술.

그란데 백작가의 검술은 그 열두 가지의 검술 중 하나였던 것이다.

*   *   *

모든 검술을 끝마친 그란데 백작은 검을 다시 검집에 집어넣고 자하르에게 말했다.

"어떻더냐?"

"어떠냐고 물으셔도……."

달리 대답할 거리가 없었다.

굳이 느낀 것이라면 자신의 검술을 다른 사람이 펼치니 신기하다는 것 정도? 하지만 그조차 별다른 감흥은 없었다.

"검을 배울 생각이 들었느냐?"

그란데 백작이 기대를 담은 눈으로 바라봤다.

자하르는 생각할 것도 없이 대답했다.

"필요없어요."

"어째서냐?"

"그냥……."

대답은 못하지만 이유는 있었다.

'그거, 내 검술이든요?'

내친 김에 자하르는 자리에서 일어나 검을 뽑았다.

한 번 그란데 백작에게 확실히 알려줄 필요가 있어 보였다.

"아까 아버지가 한 검술, 그대로 따라해 보죠."

"한 번 보고 따라하겠다고? 판타즘 검술이 그렇게 어수룩해 보이더냐?"

그란데 백작이 엄한 얼굴을 지었다.

다른 검술도 아니고, 판타즘 검술이었다. 게다가 판타즘 검술은 수많은 변화를 추구한 환검이었다.

그것을 한 번 보고 따라하겠다고? 그란데 백작은 기가 차서 혀를 내둘렀다.

"한 번 해보거라."

그란데 백작은 해볼 테면 해보라는 듯 팔짱을 끼고는 자하르를 바라봤다. 자하르는 검을 들고, 자세를 취했다.

자하르의 자세를 확인한 그란데 백작의 눈동자가 조금 커졌다.

'자세는 꽤 괜찮군.'

놀랍게도 자하르가 취한 자세는 그란데 백작가의 판타즘 검술이었다.

기사들 중 누군가 자세를 봐주기라도 한 것인지, 자세만큼은 크게 문제가 없었다. 빈틈을 찾아보기도 힘들뿐더러, 언제든지 검을 뺄 수 있도록 팔의 위치가 정교하게 걸려 있었다.

잠시 숨을 고른 자하르는 천천히 검을 뺐었다.

"후웁!"

자하르의 검이 찌르듯 뻗어나갔다.

겉으로 보기에는 단순히 평범한 찌르기였다. 하지만 그 속에 숨겨진 변화를 눈치채지 못할 그란데 백작이 아니었다.

자하르의 일 검을 눈으로 본 그란데 백작의 눈이 찢어질 듯 커졌다.

'어떻게?'

자하르의 검이 사선으로 그어졌다.

자신처럼 수십 갈래의 환영을 만든 것은 아니었지만, 자하르의 검 또한 두세 갈래로 나뉘어 가상의 적을 위협했다.

그 뒤로 자하르는 계속해서 그란데 백작의 앞에서 판타즘 검술을 선보였다.

그란데 백작은 무언가에 홀리기라도 한 듯, 그 모습을 계속해서 지켜봤다.

쐐애액ㅡ

마지막 횡 베기를 끝으로, 자하르의 검이 멈추었다.

이전처럼 한바탕 검무를 췄다고 숨이 차거나 하지는 않았다. 이제는 십여 분 정도 검을 휘둘렀다고 지치는 일은 없었다.

버릇처럼 다 휘두른 검을 툭툭 털어내며 자하르는 그란데 백작에게로 다가갔다.

"어떻습니까?"

"언제 판타즘 검술을 거기까지 익힌 것이냐? 아니, 그보다 누구의 지도를 받고?"

판타즘 검술은 그란데 백작가의 가전 검술이었다. 그런 만큼 여타 다른 기사들이 검술을 가르쳐 줬을 리는 없었다.

자하르는 미리 생각해둔 대답을 꺼냈다.

"아버지에게 배웠죠."

"나에게? 언제?"

"아까 보여줬잖아요?"

자하르는 뿌듯한 미소를 지으며 검을 검집에 넣었다.

어차피 자신이 사용했던 검술. 지금의 몸으로는 처음 펼쳐 봐서 조금 어수룩하긴 했지만, 그란데 백작을 놀라게 할 정도로는 충분했다.

"도대체… 어떻게……."

뭔가에 홀린 듯 중얼거리는 그란데 백작의 모습에 자하르가 대답했다.

"재능이죠, 뭐."

"허어……."

그란데 백작은 어이없다는 눈으로 자하르를 바라봤다.

한 번 보고 그걸 따라할 수 있다니, 그게 말이 된단 말인가. 검술이란 생각보다 훨씬 심오하고 복잡해서 누군가의 체계적인 가르침이 있지 않고서는 배우기 힘들었다.

수많은 변화를 한 번 보고 따라할 수 있다는 것, 그것은 말도 안 되는 일이었다.

그런데 백작은 못 믿겠다는 듯 재차 물었다.

"정말 한 번 보고 따라한 것이 맞더냐?"

"네."

"이것 참, 이걸 믿어야 할지 말아야 할지……."

하지만 그게 아니라면 달리 설명할 길이 없었다. 자하르가 판타즘 검술을 볼 만한 경위가 자신 외에는 없었기 때문이다.

그렇다면 결국 자하르의 말이 사실이라는 셈.

그런데 백작은 눈을 반짝 빛내며 자하르를 바라봤다.

'정녕 세상에 둘도 없을 천재로군.'

한 번 본 것만으로 다른 사람의 검술을 따라할 수 있다는 것. 듣지도, 보지도 못한 이야기지만 그 실체가 눈앞에 있으니 믿지 않을 수도 없었다.

"아직 아버지처럼 수십 가지의 변화를 만들어 낼 수는 없지만 이 정도면 쓸 만하지요."

"크흠, 괜찮긴 하구나."

괜히 무안해진 그런데 백작은 짤막한 칭찬을 꺼냈다.

한 번 보고 판타즘 검술을 따라하는 아들이 대견하기도 하지만 같은 검사로서 그 재능에 질투가 나기도 했다.

"자, 이쯤 하고 씻고 몸단장을 해라. 손님이 온다."

"손님?"

자하르는 고개를 갸웃거렸다.

지난 한 달, 그란데 백작가에 찾아오는 손님은 꽤 많았다. 그란데 백작가에 속한 가신 가문의 귀족들도 있었고, 그란데 백작과 안면이 있는 귀족이 종종 찾아오기도 했다.

하지만 그때마다 그란데 백작이 자하르를 부른 것은 아니었다. 자하르는 단지 어디에서 어떠한 손님이 왔다는 소식만 전해 들었을 뿐이었다.

자신에게 준비를 하라고 말하는 것을 보면, 지금까지보다 훨씬 중요한 손님일 것이다.

"어떤 손님입니까?"

궁금증을 참지 못한 자하르가 물었다. 그란데 백작은 연무장 밖으로 몸을 돌리며 대답했다.

"오웬 백작과 그 아들인 루센이다. 준비를 하고 접대실로 오도록 하거라."

그 말을 끝으로 그란데 백작은 연무장을 나섰다.

자하르는 오웬 백작에 대해 떠올리고자 머릿속을 뒤적였다.

머릿속 한구석에 박혀 있던 자하르의 기억을 떠올리자 금세 오웬 백작에 대한 정보가 떠올랐다.

자하르의 입가에 진한 미소가 피어올랐다.

'대륙 제일검이라……'

대륙 제일검, 류지 후작.

오웬 백작은 바로 그의 아들이었다.

자하르의 입꼬리가 말아 올라갔다.

'재미있겠군.'

자신과 같은 칭호를 가진 남자의 아들이다. 분명 그 실력이 낮지 않을 것이다.

물론 지금 당장 오웬 백작과 싸우기는 힘들 것이다. 그란데 백작만 해도 지금의 자신으로서는 엄두도 내지 못할 만큼 강했다.

'하지만 그 아들이라면…….'

류지 후작의 손자라면 아주 어렸을 때부터 체계적으로 검을 배웠을 터였다. 손자라면 자신과 나이 차이가 그리 많지는 않겠지만, 그래도 명가에서 체계적으로 검을 배운 아이들이 어지간한 기사들 못지않은 실력을 내는 경우는 비일비재했다.

자하르의 육체로 검을 제대로 배우기 시작한 것은 이제 고작 한 달.

하지만 그 한 달 사이, 그럭저럭 기본은 다져졌다 생각되었다. 몸이 만들어지고, 근육이 붙고, 체력이 붙었다. 더군다나 자신에게는 대륙 제일이라는 칭호를 얻을 수 있었던 절대의 감각이 있었다.

그란데 백작같이 그 실력의 차이가 어마어마하다면 모를까, 또래들 사이에서는 지지 않을 자신이 있었다.

'붙어봐야겠군.'
다시 태어난 이래 첫 대련이다.
자하르는 기대감 어린 표정으로 주먹을 쥐었다.

CHAPTER 03
루셴

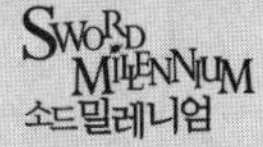

　자하르는 입고 있던 갑옷을 벗고, 간단히 몸을 씻었다. 중요한 손님이 왔는데 땀에 젖은 채 만날 수는 없었다.

　시녀들이 가져온 옷으로 갈아입은 자하르는 손님 접대실로 향했다. 허리춤에는 평소 연무장에서 휘두르던 철제 검이 아닌, 그란데 백작이 선물한 검이 채워져 있었다.

　집무실 앞으로는 네 명의 기사가 대기하고 있었다. 그중 두 명은 그란데 백작가의 기사가 아니었는데, 아무래도 오웬 백작의 호위를 맡은 기사들인 모양이었다.

　"어서 오십시오, 소영주님. 영주님께서 기다리고 계십니다."

　그란데 백작가의 기사들이 자하르를 발견하고는 말했다. 미리 언질을 받은 듯, 다른 두 명의 기사들도 무덤덤한 눈으로 가만히 서 있었다.

곧 기사들이 집무실의 문을 열었다.

자하르는 조용히 집무실 안으로 들어갔다.

"어서 오거라."

안에서는 가장 먼저 그란데 백작이 자하르를 반겼다. 자하르는 그란데 백작에게 살짝 고개를 숙인 후, 함께 있는 다른 사람들을 살폈다.

그란데 백작과 함께 있던 사람은 모두 두 명이었다.

한 명은 그란데 백작과 비슷한 연배로 보이는 중년인이었고, 다른 한 명은 자하르보다 나이가 조금 되어 보이는 청년이었다.

그중 자하르의 시선이 가장 먼저 꽂힌 사람은 바로 그란데 백작과 비슷한 연배로 보이는 중년인이었다.

'저자가 오웬 백작인가?

짧은 금발 머리의 오웬 백작은 딱딱한 성격의 그란데 백작과는 달리 서글서글한 인상의 남자였다.

"뭐하고 있느냐? 어서 인사 드리거라."

한동안 자하르가 오웬 백작을 바라보고 있자 그란데 백작이 채근했다.

자하르는 조금 더 가까이 다가가며 고개를 숙였다.

"자하르라고 합니다."

"오웬 백작이라고 한다. 네가 아주 어렸을 때 보았는데, 보아하니 기억이 안 나는 모양이지?"

머릿속을 뒤져 보았지만 그런 기억은 없었다.

"잘 모르겠습니다."

"당연하지. 네가 두 살 때 이야기인데. 기억이 날 리가 있나."

'지금 누굴 놀리나?'

오웬 백작은 함께 온 청년, 루센을 돌아봤다.

"루센과는 첫 만남이겠네. 루센의 나이가 이제 스물이고, 자하르가 열일곱이니 루센이 형이 되는군. 인사들 나눠라."

자하르의 시선이 루센에게로 옮겨졌다. 루센은 처음부터 자하르를 보고 있었다.

루센의 눈매는 꽤나 날카로운 편이었다. 서글서글한 인상의 오웬 백작과는 상당히 대조적은 매서운 인상이었다.

자하르는 피식 웃음을 지으며 루센에게로 다가가 손을 내밀었다.

"자하르라고 한다. 잘 부탁한다."

루센은 한동안 자하르가 내민 손을 바라봤다.

그러다 무슨 생각이 들었는지 입가를 비틀며 그 손을 잡았다.

"루센이다."

루센과 손을 잡은 자하르의 눈이 반짝였다.

'이놈 봐라?'

잡은 손에서 악력이 느껴졌다. 단순한 장난이라 하기에는 그 힘이 꽤나 강했다.

자하르는 표정을 찌푸리며 루센과 마찬가지로 잡은 손에 힘을 주었다.

'질 순 없지.'

스무 살 꼬맹이에게 힘으로 진다면, 카르안에게 그것만큼 굴욕도 없을 것이다.

자하르가 마주해서 힘을 주자 루센은 눈을 빛내며 잡은 손에 힘을 더 강하게 주었다.

그렇게 잠시 후, 자하르의 얼굴이 일그러졌다. 맞잡은 손에서 통증이 밀려들었다.

'힘으로는 안 되나.'

루센의 체격은 자하르보다 큰 편이었다. 더군다나 어릴 때부터 체계적인 검술을 배웠는지, 손아귀 힘이 장난이 아니었다.

더군다나 루센은 마나를 운용할 줄 알았다. 게다가 심법을 운용한 세월이 자신보다 훨씬 길어, 체내에 쌓인 마나의 양 또한 자하르보다 많았다.

결국 이런 식으로 힘 대결을 하면 질 수밖에 없었다.

"장난은 이만 끝내지 그러냐?"

자하르의 표정이 일그러지는 것을 보자 오웬 백작이 루센을 말렸다.

오웬 백작의 말에 루센은 잠시 자하르를 바라보다 피식 웃으며 손을 놓았다.

루셴은 양손을 들어 올리며 말했다.

"저도 어린 녀석을 괴롭히는 취미는 없어요. 더군다나 이런 약한 녀석은 더."

그 말이 자하르의 심기를 건드렸다.

"약한 녀석?"

"한 번 보면 알아. 너, 검을 잡은 지 얼마 되지도 않았지? 네 손은 곱잖아."

자하르의 미간이 좁혀졌다.

루셴의 말은 옳은 소리였다. 오랜 세월 검을 휘두른 검사들은 대개 손아귀에 굳은살이 박이게 마련이었다.

자하르가 유난히 신경 쓰던 부분도 바로 그것이었다.

열일곱 나이까지 자하르의 손에는 검이 아닌, 책이 들려 있었다. 한 달 정도 열심히 검을 휘둘렀다고 해도 그 고운 손이 한순간에 바뀌는 것은 아니었다.

아픈 부분을 건드려서 그런가.

기분이 더 나빴다.

"한 판 붙어 보든지."

"붙어? 대련 말인가?"

루셴의 입꼬리가 말아 올라갔다.

명백한 비웃음이었다.

"뭐, 달라질 것 같아?"

"달라지지. 아주 많이. 너처럼 무식하게 힘만 세다고 능사는 아니거든."

능글맞은 웃음을 지으며 자하르가 루셴의 심기를 건드렸다.

표정과는 달리, 자하르는 지금 화가 많이 난 상태였다.

어떤 이유가 있든, 고작 스무 살짜리 꼬맹이에게 졌다는 것이 마음에 들지 않았다.

"네가 우리 루셴을 이겨?"

오웬 백작의 입매가 파르르 떨렸다.

자하르는 오웬 백작에게 시선을 돌렸다.

"우리 루셴?"

"우리 루셴은 말이지, 천재란 말이지. 이 세상에 둘도 없을 천재! 백보 양보해서 네가 천년에 한 번 있을까 말까한 천재라고 해도 고작 한 달 수련한 거로는 못 이겨."

오웬 백작은 그 말을 하는 내내 입가 가득히 웃음을 참는 모양새를 하고 있었다.

그란데 백작과 자하르의 표정이 똑같이 변했다.

둘 다 기분이 팍 상한 표정이었다.

"…아들 바보 자식."

그란데 백작이 자하르를 바라봤다.

"이렇게 된 것, 한번 붙어보거라."

"안 그래도 그러려고 했습니다."

자하르의 눈매가 날카롭게 휘며 그 속의 눈동자가 루셴을 바로 마주했다.

사납게 휘어진 눈매는 마치 한 자루의 보검처럼 날카로운 예기까지 띠고 있었다.

그 눈을 바로 정면에서 마주하는 루센의 표정에 작은 놀람
이 어렸다.

하지만 그뿐, 곧 입가에 조소가 틀어졌다.

"지더라도 쉽게 지지는 말거라."

그란데 백작이 살짝 우려 섞인 목소리로 말했다.

자하르가 고개를 저었다.

"이겨야죠."

자하르는 손가락을 까닥이며 걸음을 옮겼다.

"따라와."

*　　*　　*

그란데 백작과 오웬 백작은 자하르와 루센의 대련을 보기
위해 연무장으로 모였다.

연무장에서 한창 검을 휘두르고 있던 기사들은 각자의 수련
을 멈추었다.

잠시의 수련보다는 자신들의 소영주와 류지 후작의 손자와
의 대련에 더욱 관심이 갔다.

루센과 자하르는 기사들이 둥글게 에워싼 원의 중앙에 섰
다. 기사들은 흥미진진한 표정으로 루센과 자하르를 번갈아
봤다.

"무슨 생각이냐?"

오웬 백작의 표정이 궁금증으로 가득 찼다.

그런데 백작의 입가에 번진 미미한 웃음기를 본 까닭이었다.

"뭐가 말인가?"

"자네 아들 말이야. 얼마 전에 연락한 바로는, 검을 잡기 시작한지 고작 한 달이라며?"

"그랬지."

"그런 주제에 어딜 우리 루센과 붙여놔? 뭐, 느낌이 예사롭지 않은 아이이긴 한데, 우리 루센과 싸우려면 아직 십 년은 이르지, 암. 저 녀석은 천재거든. 앞으로 크게 될 녀석이야."

오웬 백작은 그렇게 말하며 정말 뿌듯한 눈으로 루센을 바라봤다.

그런데 백작은 질린 눈으로 오웬 백작을 바라봤다.

"진짜 아들 바보로군."

그런데 백작이 생각하는 오웬 백작의 최대 단점이 바로 아들 바보라는 점이다.

아주 오래 전부터 얼굴을 트고 친분을 나눴지만, 항상 만날 때마다 하는 말이 바로 루센의 자랑이었다.

"칭찬으로 듣겠네. 부모들의 가장 큰 낙이 자식 자랑이라는 거 모르나?"

그 뻔뻔함에 그런데 백작이 살짝 웃었다.

"자식 자랑이라……."

그런데 백작은 자식 자랑을 한 번도 해본 적 없었다.

무가에서 태어나 책만 읽는 아들.

어디 가서 자랑할 만한 아들은 아니었다.

하지만 지금은 달라졌다.

그란데 백작의 입가에 걸린 웃음이 더욱 번졌다.

"진짜 천재가 무엇인지, 곧 자네도 알게 될 거네."

＊　　　＊　　　＊

"어떻게, 한 손만 써줄까?"

루센이 자하르를 앞에 두고 비웃었다.

자하르는 허공에 몇 번 가볍게 검을 휘두르다 대꾸했다.

"그건 너무 싱거워서 안 되겠는데?"

자하르와 루센은 서로에게 검을 겨누며 자세를 바로했다.

두 사람이 자세를 갖추자 그 앞으로 그란데 백작이 나섰다. 혹시라도 있을 사고를 방지하고자 하는 것이다.

"준비됐나?"

자하르와 루센은 서로 동시에 고개를 끄덕였다.

"그럼, 시작!"

파앗─

시작과 동시에 선공을 취한 쪽은 자하르였다. 자하르는 지면을 빠르게 박차며 루센을 향해 검을 찔렀다.

파팟─ 슉─!

생각 이상으로 빠른 찌르기에 루센은 피하기보다는 검을 하래에서 쳐내기를 택했다. 하지만 자하르의 검이 뱀처럼 휘더니 두 갈래로 그 방향을 바꿔 또다시 루센을 향해 찔러갔다.

"흡!"

루센은 숨을 크게 들이쉬며 두 갈래의 검을 아래에서 쳐냈다.

카앙―!

자하르의 검이 허공으로 붕 떴다. 하지만 루센 역시 자하르의 검을 완전히 쳐내지는 못한 듯, 어깨에 가느다란 상처가 생겼다.

잠시 자세를 정비하기 위해 자하르가 뒤로 몇 걸음 물러섰다. 루센 역시 마찬가지였다.

"후우……."

루센은 숨을 고르며 자신의 오른쪽 어깨를 바라봤다. 아주 얕은 상처였지만, 가느다란 혈선이 그어져 있었다.

"생각 이상이군."

루센이 나지막한 감탄사를 토하며 자하르를 바라봤다.

처음에는 굳은살이라고는 거의 찾아볼 수 없는 자하르의 손에 무시하는 마음이 들었었다. 고작 한 달 남짓 검을 휘두른 주제에 자신과 감히 대련을 하려는 자하르의 치기가 우습기도 했다.

하지만 방금 전의 한 수는 결코 무시할 수 없는 것이었다. 순간적으로 자신의 눈을 현혹시킨 노련한 환검은 결코 한 달 정도 검을 휘두르는 초보자의 것이 아니었다.

"그쪽은 생각보다 못하는데?"

“방심했을 뿐이야.”

루셴은 표정을 찡그리며 검을 바로잡았다.

자하르는 검을 돌리던 것을 그만두고, 다시 자세를 고쳤다.

“그러길 빌지.”

“이번엔 내가 간다!”

숨을 크게 한 번 들이쉰 루셴이 자하르의 품으로 파고들었다. 자하르는 빠르게 달려들며 검을 찔러오는 루셴의 검을 몸을 옆으로 젖히며 피했다.

‘위력은 상당하군.’

아슬아슬하게 스치고 지나간 루셴의 찌르기는 상당한 위력을 담고 있었다. 명가에서 태어나 하루에만 수천 번씩 반복하는 찌르기이니, 그 위력이야 말할 것도 없었다.

‘잘못하면 당하겠어.’

본격적인 자세로 임한 루셴의 모습에 자하르의 눈이 착 가라앉았다.

찌르기에 실패한 루셴의 검이 궤적을 바꿔 옆으로 피한 자하르에게로 향했다. 애초부터 찌르기가 성공할 것이라 생각하지 않은 듯, 물 흐르듯 자연스러운 연계였다.

카앙—!

루셴의 검이 자하르의 검에 막혔다. 자하르는 손목에서 느껴지는 아릿함에 눈살을 찌푸렸다.

“쳇.”

자하르는 팔에 힘을 주어 루셴의 검을 밀어내고자 했다. 이 상태로 힘 대결을 해봤자 자신에게 이득이 될 것이 없었다.

다행히 루셴 역시도 단순한 힘 대결을 할 생각은 없는 듯, 자하르의 의도대로 맞대고 있던 검을 치웠다. 하지만 그 직후, 잠시의 틈도 두지 않고 다시금 맹공을 퍼부었다.

푸캉—! 채챙—

루셴의 맹공은 매서웠다.

어지간한 기사들보다 훨씬 예리한 공격에, 정확하고 군더더기 없는 검술이었다.

하지만 그렇기에 상대하기에 편했다. 군더더기 없고 정확한 만큼 고정적인 틀에 박혀 있는 느낌이 강해, 아무리 검이 빠르다 해도 그 궤도를 미리 읽고 방어할 수 있었다.

루셴의 검이 번번이 막혀들었다.

얼핏 보기에는 루셴이 자하르를 몰아붙이는 모양이었다. 하지만 실제로 검을 마주하는 당사자들은 그것이 아님을 알 수 있었다.

'어떻게 된 거지?'

루셴은 자하르의 검을 두드리며 안면을 파르르 떨었다.

불과 방금 전까지만 해도 자신이 승기를 잡은 것으로 알았다. 하지만 그것이 착각임을 아는 데에는 그리 긴 시간이 필요하지 않았다.

승기는 자하르에게 있었다.

자하르는 자신의 검을 막아내면서도, 전혀 힘든 기색이 아

니었다. 오히려 호시탐탐 자신의 허점을 노리고 있던 것이
다.

이런 식으로 계속 공방이 이어진다면 결국 지는 쪽은 루센,
자신이 되리라.

"큭."

결국 루센이 공격을 멈추고는 뒤로 한 발 물러났다. 그러자
길고 길게 이어지던 공방이 잠시 소강상태로 접어들었다.

루센은 자하르를 잠시 노려보며 눈살을 찌푸렸다.

인정하긴 싫지만 자하르의 검술은 이미 자신을 훌쩍 뛰어넘
은 상태였다. 근력이나 속도와 같은 기본적인 것들은 비록 루
센이 우세할지 모르나 검술 실력에 있어서 너무나도 차이가
심했다.

결심을 굳힌 루센이 잠시 숨을 골랐다. 이와 함께 루센의 몸
에서 조금씩 연푸른색의 아지랑이가 뿜어져 나왔다.

스스스―

루센의 아지랑이를 확인한 자하르의 눈이 동그랗게 떠졌다.

"엑시드?"

사람이 오러에 이르기 위해 반드시 통과해야 하는 최초의
단계.

인간의 육신을 더욱 강하게 만들어 인간이라는 그릇의 한계
를 한 꺼풀 벗어 던지는 경지.

루센의 몸에서 피어오르는 아지랑이는 바로 엑시드의 경지
에 도달했다는 증거였다.

‘미치겠군.’

자하르는 한숨을 푹 내쉬며 한 손으로 이마를 짚었다.

지금까지 자하르는 오로지 검술 하나만으로 루센을 상대하고 있었다.

루센은 근력은 물론이고 속도나 반사속도 등, 모든 면에서 자하르보다 앞서 있었다. 재능의 차이라기보다는 검을 잡은 세월에서 나오는 순수한 차이였다.

하지만 검술 실력 하나만 놓고 본다면 자하르와 루센의 차이는 거의 어른과 아이의 차이였다.

모든 검을 흘려버리는 것은 물론, 상대의 허점을 만드는 것까지. 방금 전까지의 모든 공방은 자하르의 의도대로 흘러갔다고 봐도 될 정도였다.

하지만 엑시드라니.

‘힘들겠어.’

아무리 검술이 뛰어나도 루센이 엑시드의 경지에 올랐다면 승산이 없었다. 어떤 고강한 검술을 가지고 있어도 기본적인 신체 능력에서 차이가 너무 나버리는 것이다.

자하르는 자신의 검을 꽉 그러쥐며 눈을 빛냈다.

‘그렇다고 포기할 순 없지.’

오히려 더욱 재미있었다.

‘시시한 것보다는 낫지.’

무리한다면 이기지 못할 것도 없었다.

육체가 받쳐주지 않으면, 보다 압도적인 검술로 상대를 꺾으면 되는 것이다.

"후우—"

길게 숨을 들이쉰 자하르가 검을 바로 들었다.

그 모습에 루센은 의아한 표정을 지었다.

"더 덤빌 생각인가?"

"당연하지, 새끼야!"

파팍—

자하르의 발이 지면을 박찼다.

루센에게로 빠르게 접근한 자하르는 찌르기를 할 자세를 취했다. 동시에 자하르의 발이 지면을 둥글게 쓸었다.

직후, 자하르의 검이 루센의 오른쪽 옆구리를 향해 쏘아졌다.

쐐애액—

자하르의 검이 루센의 옆구리를 아슬아슬하게 스치고 지나갔다. 자하르의 찌르기에 루센은 식은땀을 흘렸다.

섬전과도 같은 찌르기였다. 자칫 오른쪽 옆구리를 내줄 뻔했다.

"이크!"

루센은 황급히 뒤로 물러섰다. 하지만 뒤로 물러서는 루센을 따라 자하르의 검이 따라왔다.

스스슥—

자하르의 검이 허리에서 목으로 올라왔다.

루센은 자하르의 검을 쳐내기 위해 검을 들어 올렸다.

‘뭐야?

자하르의 검이 여럿으로 보였다.

지금까지의 느슨한 환검이 아니었다. 어느 것이 진짜인지 알아채기가 힘들었다.

‘늦었다!’

파악하지 못한다면 모두 쳐낼 뿐!

루센은 최대한 빠르게 검을 휘둘러 자하르의 검을 모두 쳐냈다.

카앙—!

어깨를 노리고 들어오던 검이 진짜였다.

자하르의 검을 쳐낸 루센은 속으로 안도의 한숨을 내쉬고는 자하르를 노려봤다.

‘장난 아니군.’

자신처럼 자하르 역시 실력을 숨기고 있었단 말인가?

인정할 것은 인정해야 했다.

경지 자체는 보잘것없지만, 자하르의 검술 실력은 자신보다 훨씬 위였다.

자신의 검을 모두 흘려보내 충격을 완화시키고, 동시에 여러 갈래의 난잡한 환검으로 상대의 눈을 속이는 검술.

자신은 이러한 검술을 흉내조차 낼 수 없었다.

‘이게 고작 한 달 수련한 검술이라고?!’

루센의 눈이 질투심으로 번들거렸다.

자신의 나이가 열일곱일 때에는 어떠했던가? 저만큼의 검술 실력은 고사하고, 하루 빨리 엑시드의 경지에 오르기 위해 부단히 노력했다.

그 노력의 결과가 지금이다. 보통의 사람을 훨씬 뛰어넘는 강인한 육체, 엑시드의 경지이다.

'지지 않아!'

검술에는 밀리지만 육체적인 능력은 엑시드인 자신이 훨씬 위.

루센은 이를 악물며 자하르를 향해 검을 휘둘렀다.

쿵—

루센의 발이 지면을 울렸다. 한순간에 기세가 변한 루센의 검이 자하르의 위를 향해 뿌려졌다.

"윽."

루센의 검을 흘려보내던 자하르의 입에서 작은 신음성이 흘러나왔다. 그 위력이 얼마나 강하던지, 모든 충격을 흘려보낼 수가 없었다.

"하압!"

그 뒤로 루센의 공세가 이어졌다.

엑시드까지 사용하면서 전력을 다한 루센의 공세는 매서웠다. 제대로 눈에 보이지도 않을 정도로 빨랐고, 검을 흘리는데도 불구하고 손목이 아려올 정도로 무거웠다.

물론 자하르도 녹록지 않았다.

어려워하면서도 그 검을 모두 받아냈다.

하지만 팔에 무리가 갔다.

"여기까지 하거라."

카앙—

자하르의 검과 루센의 검이 동시에 막혔다.

어느새 끼어든 오웬 백작이 양손으로 루센과 자하르의 검을 잡고 있었다.

'검을 잡아?'

자하르는 놀란 눈으로 오웬 백작을 바라봤다.

오웬 백작은 검날이 손에 닿지 않도록 검면을 잡은 것이 아니었다. 말 그대로 자신의 검과 루센의 검을 손으로 꽉 움켜쥐었다.

그런 오웬 백작의 손에는 상처 하나 없었다.

그것이 의미하는 것은 하나였다.

'강갑인가.'

엑시드와 비슷한 원리로, 마나를 한곳에 집중적으로 흘려보내 신체를 갑옷처럼 단단하게 만드는 것.

그것이 바로 강갑이었다.

원리 자체로 보면 엑시드의 진화판이라고 할 수 있으나 그 격차는 어마어마했다.

'강갑을 사용할 정도면… 역시 마스터에 올랐을 수도 있겠군.'

자하르는 눈을 반짝 빛내며 오웬 백작을 바라봤다.

한편 루센은 오웬 백작을 향해 성을 냈다.

"이게 무슨 짓입니까!"

"이쯤 해두어라. 열일곱 살의 동생에게 진심으로 검을 휘두르다니, 부끄럽지 않으냐?"

"하지만 아버지! 저 녀석은 그럴 만한 실력이 있는 녀석입니다. 아버지도 보셔서 알고 계시지 않습니까!"

"어허, 그만하래도."

루센의 반항에 오웬 백작이 표정을 찌푸렸다. 아무리 아들 바보라고 해도 공사를 구분하지 못할 정도로 어리석은 인물은 아니었다.

결국 루센은 입을 다물었다. 오웬 백작은 그제야 자하르에게로 시선을 돌렸다. 류지 후작의 시선이 자하르가 말했다.

"눈치채셨습니까?"

자하르의 물음에 오웬 백작은 고개를 끄덕였다.

"무리했구나."

"좀 그렇긴 했습니다."

깡—

자하르는 쓴 웃음을 지으며 검을 아래로 떨어뜨렸다.

팔이 욱신거려서 검을 들고 있기도 힘들었다. 오웬 백작이 중간에 끼어들지 않았다면 방금 전 일격으로 검이 날아갔을 것이다.

'졌군.'

입안이 쓰다.

누군가에게 져본 것이 얼마 만인지 모르겠다.

'기분 좆같네…….'

아무리 실력이 뛰어나도, 이제 스무 살의 꼬맹이다.

비록 육체적인 나이가 열일곱이고, 이 몸으로 검을 제대로 잡기 시작한 것이 한 달이라고는 하나 그 정신만큼 한때 대륙 제일이었던 검사 카르안이었다.

분하고 자존심이 상했다.

입술에서 비릿한 피 맛이 느껴지자 자하르는 몸을 돌리며 말했다.

"그럼 전 이만 들어가 보겠습니다."

"한동안 요양해야 할 것이다. 무리하면 큰일 나는 수가 있어."

오웬 백작의 우려 섞인 목소리에 자하르는 고개를 주억였다.

"걱정 감사합니다."

*   *   *

자하르는 자신의 방으로 돌아가 소파에 누웠다.

검을 휘두른 팔이 욱신거렸다. 한숨을 푹 쉬며 눈을 감았다.

"후우—

짜증난다.

패배의 쓴맛이라는 게 영 익숙하지가 않다.

누구에게나 그렇듯 자하르 역시 전생에 패배라는 것을 겪어 보았다.

첫 패배는 카르안을 가르치던 검술 스승인 가문의 기사단장에게서였다. 사실상 대련이라기보다는 가르치는 형식이었지만, 카르안에게는 전혀 다른 느낌으로 다가왔다.

첫 패배.

그날부터 카르안의 목표는 가문의 기사단장이 되었다. 더욱 열심히 검을 휘둘렀고, 이듬해가 되어서는 기사단장을 꺾었다.

고작 1년이라는 시간 만에 말이다.

카르안은 자하르는 한 번 패하면 더욱 불이 붙는 유형의 인간이었다.

'시간이 반년만 더 있으면…….'

같은 엑시드의 경지였다면 절대 지지 않았을 것이다. 루센의 검술은 엑시드라는 경지에 비해 형편없는 수준이었다.

똑똑—

누군가 방문을 두드렸다.

"안에 있느냐?"

그란데 백작의 목소리였다.

자하르는 잠시 침묵하다가 말했다.

"들어오세요."

그란데 백작이 문을 열고 방 안으로 들어왔다. 그의 뒤로 한 명의 중년인이 따라왔다.

"뒤에는?"

자하르가 중년인을 가리키며 물었다.

중년인이 앞으로 나서고, 그란데 백작이 그를 소개했다.

"영지의 치료 마법사다. 팔의 부상이 심상치 않더구나. 빠르게 회복하라고 데리고 왔다."

"마법 치유라… 좋다고는 들었습니다."

마법은 검술과는 또 다른 학문으로, 그 활용이 무궁무진했다.

흑마법은 보통 공격적인 성향이 강해 사람을 해치지만, 일반적인 마법은 살상 이외에도 일상생활에 유용한 마법들도 많았다.

치유 마법이 그 대표적인 예였다.

"팔을 내미십시오."

자하르는 익숙하게 소매를 걷고 팔을 내밀었다.

예전에도 상처를 입으면 마법으로 치료를 받곤 했다. 그 효과가 무척 좋은 것을 알기에 거리낄 것이 없었다.

곧 중년 마법사가 손을 내밀어 자하르의 팔에 대고 마법을 시전했다.

녹색 기운이 자하르의 팔에 스며들었다. 통증이 점점 사라지는 것이 느껴졌다.

순순히 치료를 받던 자하르가 이내 기이한 느낌을 받았다. 아니, 그 무엇보다 익숙한 느낌이라 하는 편이 더욱 정확할 것이다.

‘어라?’

자하르의 눈이 반짝 빛났다.

터억―

치료를 받지 않고 있는 자하르의 반대편 손이 중년 마법사
의 목을 잡았다.

“너, 뭐야?”

CHAPTER 04
흑마법사의 등장

"켁켁!"

자하르에게 목을 붙잡힌 중년 마법사는 숨이 쉬어지지 않아 고통스러운 숨을 토했다.

그런 중년 마법사의 모습에도 자하르의 표정은 점점 사납게 변했다.

"무슨 짓이냐!"

그란데 백작이 호통을 쳤다.

갑작스러운 자하르의 행동 때문이었다.

자하르는 여전히 중년 마법사에게서 시선을 떼지 않았다. 그 어느 때보다 사납게 변한 자하르의 표정에 그란데 백작이 제지하려던 것을 멈췄다.

살기까진 드리운 자하르의 얼굴은 그란데 백작조차 당황스럽게 만든 것이다.

쫘악—

"케켁!"

중년 마법사의 목을 움켜쥔 자하르의 손에 더욱 힘이 들어갔다.

결국 보다 못한 그란데 백작이 나섰다.

"이게 뭐하는 짓이냐!"

"이 녀석, 흑마법사인 것은 아세요?"

자하르의 되물음에 그란데 백작이 흠칫 놀랐다.

"흑마법사?"

찌이익—

자하르가 중년 마법사의 오른쪽 소매를 찢었다. 그러자 어깨 아래로 검은 해골 문양이 나타났다.

'역시.'

혹시나 했더니 역시나였다. 흑마법사들의 문양은 천 년이 지난 지금까지 변하지 않고 있었다.

세간에는 흑마법사의 문양이 잘 알려져 있지 않았다. 하지만 일반적으로 불길한 검은 해골 문양을 몸에 새긴다는 것은 평범하지 않은 일이었다.

"정말로……"

그때 중년 마법사의 손이 움직였다.

파앙—!

중년 마법사의 손에서 불꽃이 튀었다. 보통 불과는 달리 검은빛을 띠는 불꽃은 기습적으로 자하르를 덮쳤다.

"어딜."

자하르는 중년 마법사의 목을 잡은 채로 벽을 향해 집어던졌다. 아주 약간이긴 해도 마나를 사용할 수 있는 덕분에 가능한 일이었다.

쾅—!

중년 마법사의 몸이 벽에 처박혔다. 고통스러운 표정으로 목을 부여잡으며 중년 마법사가 손을 앞으로 내밀었다.

스윽—

하지만 그보다 자하르의 행동이 한 발 빨랐다. 중년 마법사를 집어던진 자하르가 곧장 움직인 것이다.

콰직—!

"커헉!"

자하르의 발이 중년 마법사의 가슴에 박혔다. 가슴팍을 얻어맞은 중년 마법사가 앞으로 고꾸라졌다.

자하르는 움직이지 못하게끔 중년 마법사의 머리를 꾹 눌렀다.

순식간에 일어난 사건에 그란데 백작은 눈을 깜박이며 놀란 표정을 지었다.

"저, 정말이었군."

"뭐, 모를 만도 하죠. 이 녀석… 흑마법사인 것을 들키지 않기 위해서 키워진 것 같으니까. 다른 가문이라면 몰라도 마법사라고는 치유 마법사밖에 없는 저희 가문에서는 모를 만도 하죠.”

검사들은 마법사들과 다르다.

이성적으로 마나의 기운을 분석하는 마법사들에 비해, 검사들은 마나와 흑마나를 구분하는 기준이 단순히 느낌뿐이었다.

지금의 녀석은 아주 미세한 흑마나를 가지고, 게다가 그 흑마나를 감추고 있었다. 어지간한 마법사들도 알아채기 힘들 만큼 무척 은밀했다.

하지만 자하르는 알 수 있었다.

경험 덕분이었다.

‘흑마법사 새끼들의 흑마나라면 지겹도록 겪어봤으니까.’

그런 자하르의 속사정을 모르는 그란데 백작으로서는 신기할 따름이었다.

“넌 어떻게 알았느냐?”

자하르는 장난스럽게 답했다.

“천재라니까요.”

*   *   *

흑마법사는 그란데 백작이 데리고 나갔다.

아무런 포박이나 제약도 없이 끌고 나갔지만 자하르는 걱정하지 않았다.

흑마법사의 수준은 낮았다. 그란데 백작의 실력과 비교하자면 그야말로 하늘과 땅 차이였다.

아마 그대도 끌려가서 가문에 숨어든 목적이나 아는 바 등을 불게 될 것이다.

자하르는 침대 위에 풀썩 누우며 씩 웃었다.

"아, 후련하다. 이제 속이 좀 풀리네."

방금 전 일로 기분이 조금 풀어졌다. 스트레스 해소에는 흑마법사 족치기 만한 것도 없었다.

'그나저나 흑마법사라……'

전생의 기억 때문인지 흑마법사에 관한 일에는 유독 신경이 쓰이는 자하르였다. 특히나 아이작의 말도 있고 해서 유난히 그런 점이 더했다.

'지금이 천 년 후니까, 어쩌면 정말 아이작도 환생했을지 모르겠군.'

그렇다면 방금 전의 흑마법사는 아이작의 하수인인 것일까? 자하르의 머릿속에 계속해서 의문이 번졌다.

'에이, 아니겠지.'

설령 아이작이 환생했다고 하더라도 이렇게 빠른 시일 내에 세력을 확장시킬 수는 없을 것이다.

'아이작이 나와 같은 시기에 환생을 했다면 말이지.'

거기까지 생각이 미친 자하르는 눈을 감아버렸다.

더 이상 골치 아픈 생각을 하기가 싫어서였다. 아이작과 관련된 생각만 하면 머리가 아플 정도로 돌아가는 자하르였다.

자하르는 애써 생각을 다른 쪽으로 돌렸다.

‘그나저나 이대로 끝낼 수는 없는데…….’

루센에게 졌다.

이대로 끝내기에는 자존심이 용납하지 않았다.

무엇보다 자하르는 전생에 카르안이었다.

대륙 최고의 검술 천재이자 대흑마법사 아이작을 쓰러뜨린 최강의 검사.

그런 자신이 스무 살의 어린 검사에게 패했다니, 말도 안 되는 일이었다.

‘한 달.’

자하르가 정한 시간이었다.

‘그 후에 내가 이긴다.’

자하르의 눈동자가 결의로 굳었다. 한 번 이루고자 한 것은 반드시 이루어 내고야 마는 자하르였다.

곧 자하르의 머릿속으로 여러 가지가 떠올랐다.

‘한 달 내로 가장 강해질 수 있는 방법.’

당연히 마나를 쌓고, 경지를 올리는 것이다.

검술의 발전은 기대하기 어려웠다. 애초에 이 몸으로 엑시드의 경지에 오른 루센과 그렇게까지 싸울 수 있었던 이유가 바로 검술 덕분이었다.

더 이상 검술은 올라갈 여지가 별로 없다.

같은 엑시드의 경지였다면 아마 절대 지지 않을 것이다.

‘에드안의 심상 수련.’

자하르의 머릿속으로 한 가지 수련이 떠올랐다.

에드안이라는 검사가 개발한 특별한 수련.

심상 수련이라는 이름의 이 수련은, 직접 몸을 움직이는 것이 아닌 고도의 정신력과 집중력으로 하나의 공간을 만들어 그 속에서 수련을 하는 것이었다.

보통의 사람이라면 절대로 불가능한 수련.

인위적으로 정신세계 속에 하나의 공간을 만들기 위해서는 어마어마한 정신력이 필요하니 말이다.

'뭐, 조금 골 아픈 수련이긴 하지만… 단기간 내에 강해지려면 이게 가장 좋긴 하지.'

자하르는 몸을 움직이지 않는 수련을 별로 좋아하지 않았다.

하지만 카르안이었던 시절, 무리한 수련으로 몸이 망가지다시피 한 적이 여러 번이었다. 마나로도 도저히 회복할 수 없을 정도라 반년 가까이 움직임을 최대한 자제해야 했다.

그 시절 카르안이 생각해 낸 수련법이 바로 에드안의 심상 수련이었다.

카르안은 그 반년 동안 에드안의 공간에서 심상수련에 들어갔다. 그리고 반년 후, 심상수련에서 얻은 것들을 직접 몸으로 체득했다.

그렇게 오른 경지가 바로 마스터라는 경지였다.

심상 수련의 가장 큰 장점은 단 하나였다.

공간과 상황의 제약을 받지 않는다는 것.

굳이 몸을 움직이지 않아도 상관없었다.

상상력이라는 무한한 범위 내에서 수련을 하는 것이 바로 심상 수련이다. 즉, 드래곤이라는 상상 속의 절대자와 싸우는 것도 가능한 것이다.

"한 달 푹 잔다고 생각하지 뭐."

좀 피곤한 꿈을 꾸는 것뿐이다.

에드안의 심상 공간은 그런 생각으로 해야 하는 수련이었다.

아니면 너무 힘드니까.

자하르의 눈이 스륵 감겼다.

누워 있는 채로, 마치 잠이 든 것처럼.

자하르의 정신이 아득히 깊은 심상의 공간으로 빨려 들어갔다.

*　　*　　*

백작성의 지하 감옥.

영지 내의 중요 죄인들만을 가둬놓은 이곳은 여러 병사들과 기사들이 엄중히 관리하는 철옹성이었다.

그곳에 자하르가 잡은 흑마법사가 가두어졌다.

오웬 백작이 소식을 듣고 지하 감옥을 찾았다. 그란데 백작은 흑마법사가 가둬져 있는 철창 앞에 서 있었다.

"흑마법사라고?"

오웬 백작이 철창 안에 있는 중년 마법사를 노려봤다.

“우리 영지의 치유 마법사네.”

“흑마법사가 그란데 백작가에 숨어 있었다고?”

“그래, 자하르가 알아냈네.”

자하르가 알아냈다는 사실이 의외이긴 하나 지금 중요한 것은 그게 아니었다.

“흑마법사의 등장이라… 이것 참, 공교로워.”

“근래에 있었던 일 또한 이들의 짓이 아닐까 싶군.”

“에드월 후작가와 테오르 대공과의 일 말인가?”

“그래.”

오웬 백작 이 고개를 끄덕였다.

그 역시 같은 생각을 하고 있었다.

“일단 이 녀석에게서 알아낼 수 있는 것은 다 알아볼 생각이네.”

“그래?”

오웬 백작이 흑마법사를 유심히 바라봤다.

그러다 문득 눈살을 찌푸리며 말했다.

“그런데… 저자, 죽은 것 아닌가?”

“뭐?”

그란데 백작이 당황하며 서둘러 철창에 열쇠를 채웠다.

끼익—

기분 나쁜 금속음과 함께 감옥 철창의 문이 열렸다. 그란데 백작이 철창 안으로 들어가 흑마법사의 맥을 짚었다.

“이런…….”

"죽은 것 같군."

그란데 백작이 낭패한 표정을 지었다.

흑마법사들의 등장은 대륙에 있어 언제나 무척 중요한 문제였다.

오랜 과거 흑마법사가 한때 대륙을 위협했던 일이 있은 후로 흑마법사의 존재가 나타난다면 목적을 알아내는 것이 하나의 원칙처럼 세워졌다.

그런 상황에서 붙잡힌 흑마법사가 자살을 하다니…….

이는 분명 그보다 더 큰 상대가 있고 그가 노리는 바가 있음을 의미한다고 할 수 있었다.

아무것도 알아내지 못한 상태로 흑마법사가 죽었으니 이는 소홀했던 책임이 컸다고 봐야 했다.

오웬 백작은 스스로 자신의 목숨을 끊은 흑마법사를 보며 심각한 어조로 말했다.

"아무래도 이번에 꽤나 독한 놈들이 나타난 모양이야."

*　　　*　　　*

자하르는 그란데 백작에게 아무도 자신의 방을 찾지 않게끔 부탁했다.

심상 수련은 고도의 정신력과 집중력을 필요로 했다. 그때문에 작은 외부의 충격에도 깨어질 만큼 예민한 수련이었다.

그란데 백작은 혹시나 자하르가 검을 다시 놓지는 않을까 걱정했다. 하지만 자하르는 그런 그란데 백작에게 그런 것은 아니라며 안심시켰다.

딱 한 달.

자하르가 그란데 백작에게 부탁한 시간이었다.

그 안에 지금보다 훨씬 강해질 것이다. 그리고 한 달 후에 다시 루센에게 대련을 신청할 생각이었다.

자하르가 방에 틀어박히고 한 달이 지났다.

"후우……."

집무실에서 그란데 백작이 긴 한숨을 내쉬었다.

자하르가 걱정을 하지 말라고 하긴 했지만, 걱정이 되는 것은 어쩔 수 없었다.

자하르는 처음 선언했던 대로 정말 한 달 내내 한 번도 밖으로 나오지 않았다.

그나마 한 달 뒤에 다시 루센과 붙어 보겠다는 자하르의 말을 듣지 않았다면 아예 일에 손도 붙이지 못할 정도였다.

"도대체 무슨 생각인지……."

한 달이라는 시간을 방 안에 처박혀 있다니.

그렇게 해서 어떻게 루센을 이긴단 말인가.

그나마 그때그때 전해지는 식사가 비워지는 것을 보지 못했다면 죽었다고 생각했을지도 모를 일이었다.

그란데 백작의 상식으로는 이렇게 해서 자하르가 루센을 이길 수 있을 것 같지 않았다.

똑똑—

누군가 집무실의 문을 두드렸다.

"누군가?"

그란데 백작의 물음에 밖에서 대기하고 있던 시종이 대답했
다.

"오웬 백작님께서 오셨습니다."

"들라고 해라."

그란데 백작은 잡고 있던 펜대를 내려놓았다.

그그그—

집무실의 문이 열리며 오웬 백작이 안으로 들어왔다.

오웬 백작은 주위를 두리번거리다 그란데 백작의 모습을 보
더니 피식 웃었다.

"안 어울려."

"나도 그렇게 생각하네."

그란데 백작은 기사의 표본이라 할 만큼 남자답게 생겼다.

그런 그가 집무실에 앉아 서류 더미 속에서 허우적거리는
모습은 영 어울리지 않았다.

"그래, 무슨 일인가?"

오웬 백작이 집무실의 의자에 가 앉았다.

"가문에서 보낸 소식이 도착했네."

"그래? 어떻다던가?"

"역시더군. 류지 후작가에도 역시 마찬가지로 흑마법사가
숨어 있었어."

그런데 백작의 표정이 딱딱하게 굳었다. 우려했던 일이 결국 현실로 일어난 것이다.

한 달 전, 그란데 백작가에 흑마법사가 숨어들어 있던 일 이후 오웬 백작은 류지 후작가에 서신을 보냈다. 그런데 백작가에 숨어들었던 흑마법사들이었다. 류지 후작가라고 안심할 수는 없었다.

아니나 다를까.

마법사를 수소문해 알아본 결과 류지 후작가의 치료마법사 중에서도 흑마법사가 숨어 있었다.

"그렇다면 다른 가문에도?"

"가능성이 없다고 볼 수 없지. 아니, 십중팔구 비슷한 상황일 것이야."

오웬 백작이 한숨을 푹 내쉬었다.

그동안 잠잠했던 흑마법사들이다. 그들이 다시금 준동하고 있다는 소식은 결코 달갑지 않았다.

잠시 심각한 얼굴로 고개를 젓던 오웬 백작이 말했다.

"아, 그리고 말인데. 양해를 좀 구해야겠어."

"양해?"

그란데 백작이 고개를 갸웃거렸다.

"무슨 양해 말인가?"

"내 큰아들이 여기로 오고 있어."

"아들이 둘이었나?"

그란데 백작이 놀랍다는 듯 되물었다.

　그란데 백작은 오웬 백작에게 아들이 하나인 줄로 알았다. 친분이 두터운 두 사람이었지만 오웬 백작은 그란데 백작에게 루센의 이야기밖에 하지 않았다.

　아들 바보인 오웬 백작이 지금까지 첫째 아들의 자랑을 빼놓고 있었다는 건가?

　의아할 따름이었지만, 오웬 백작은 무겁게 고개를 끄덕일 뿐이었다.

　"그런데 양해라니, 그건 또 무슨 소린가? 입 하나가 더 늘어난다고 해서 양해까지야……."

　"그게 아니네."

　"그럼?"

　여전히 그란데 백작은 모르겠다는 표정이었다.

　"아마… 자네 기사들이 피곤해 질 거야."

　"그건 또… 무슨 소리지?"

　기사들의 이야기가 나오자 그란데 백작의 표정이 변했다.

　기사들이 피곤하다니?

　혹시 기사들을 혹독하게 훈련시키기라도 하겠다는 뜻일까?

　아니면 무척 호전적인 성격이라 강한 기사를 보면 대련을 신청하기라도 하는 것일까?

　오웬 백작의 큰아들에 대한 여러 이미지가 떠올랐다.

　대부분이 강한 이미지였다.

　아무래도 루센과 닮지 않았을까 하는 생각 때문이었다. 형제이니 말이다.

아니면 혹시 오웬 백작과 닮은 아들일까?

그렇게 생각도 해보지만, 그렇다면 오웬 백작이 이렇게 찾아와서 양해를 구할 이유가 없었다.

잠이 입을 우물거리면 오웬 백작의 입에서 들려오는 큰아들에 대한 평가는 냉정하다 못해 처절했다.

"내 큰아들은……."

말끝을 흐린 오웬 백작이 어울리지 않는 침울한 표정으로 답했다.

"또라이네."

＊　　　＊　　　＊

오웬 백작은 지난 한 달간 그란데 백작가에 머물렀다.

다른 이유가 아니었다. 그란데 백작가에 흑마법사가 등장했으니, 그와 관련된 대책을 서로 논의했다.

물론 그 이유가 다가 아니었다. 그란데 백작과 오웬 백작은 어릴 때부터 서로 검을 맞댄 친우 사이였다.

한 달간 그란데 백작가에 머물며 오웬 백작은 그란데 백작과 서로 검을 나누었다.

반면 루센은 잠시 류지 후작가로 돌아가 있었다.

자하르 때문이었다.

수련에 들어가기 전, 자하르가 루센에게 엄포를 놓은 것이다.

한 달 후 다시 붙자고.

그때는 절대 지지 않겠다고.

한 귀로 흘리기엔 자하르와의 대련이 머릿속에 너무 선명하게 남았다. 고작 열일곱 살짜리의 녀석이 자신을 몰아붙였다는 사실에 흥미가 생겼다.

루셴은 영지로 돌아가 류지 후작에게 다시금 가르침을 청했다. 자하르와의 대련으로 깨달은 바가 적지 않은 루셴이었다.

그렇게 한 달이 지나고.

루셴이 다시금 그란데 백작가로 돌아왔다.

후웅—

루셴의 검이 연무장의 허공을 갈랐다.

연이어, 사선으로 그어진 루셴의 검이 빠르게 휘어졌다.

촤아악—!

공기를 찢는 파공음.

루셴의 검이 한 가닥 실로 보일 만큼 빠르게 허공에서 춤췄다.

루셴의 검은 사방에 세워진 목각 인형을 베었다.

베어지는 소리조차 나지 않았다.

회를 뜨듯 아주 얇게. 목각인형의 겉 표면이 아주 얇게 베어졌다.

"후우—"

어느 순간, 루셴의 검이 허리춤에 꽂혔다.

목각 인형의 모든 겉면이 잘려 나간 후였다.

그 모습을 지켜보던 기사들의 입에서 나직한 탄성이 흘러나왔다.

"우와……."

"대단하군. 저렇게 빠른 검무라니……."

웬만한 기사들의 눈에는 루센의 검이 보이지도 않을 정도였다.

그 정도로 빠르게 검을 휘두르다가도 자연스럽게 검을 갈무리 한다는 것은 루센이 아직까지 검에 여유를 두었다는 것이다.

어지간한 기사들은 명함도 못 내밀 실력이었다.

이십 세라는 어린 나이이지만, 루센은 이미 그 나이 대에서 독보적인 실력을 가지고 있었다.

루센은 방금 전의 검무를 손바닥으로 되새기며 중얼거렸다.

"검술이라……."

루센의 입가에 미소가 번졌다.

"그 녀석 덕분인가?"

루센은 오래 전부터 검술을 등한시해왔다.

오로지 검의 경지에 대한 갈망만을 추구했다.

검사들에게는 여러 가지 경지가 있었다.

엑시드라는 경지 역시 그중 하나였다. 그리고 루센이 이룩한 경지이기도 했다.

아버지인 오웬 백작과 할아버지인 류지 후작은 검술과 경지

를 따로 보지 말라고 했으나 루센은 그 말을 들으면서도 귓등
으로 흘렸다.

아무리 검술이 뛰어나다 한들, 경지를 넘어선 초인의 육체
는 이기지 못한다 생각한 것이다.

그것은 많은 검사들이 범하는 실수였다.

검술과 경지는 따로 보아선 안 된다.

그것을 이제 알 것 같았다.

'검술과 경지에 대한 깨달음, 이것이 서로 맞물려 또 다른
경지로 이어지는 것이다.'

더군다나 검술 자체만으로도 충분히 위협적이다.

루센은 오로지 경지만을 추구한 한 달 전보다 류지 후작가
의 검술을 제대로 익힌 지금의 자신이 배는 강해졌다 자부할
수 있었다.

꼭 경지가 높지 않더라도 검술 자체만으로도 충분히 강해질
수 있다는 사실을 깨달은 것이다.

바로 자하르와의 대련을 통해서.

루센은 자하르를 떠올리며 입가에 미소를 지었다.

그리고 주먹을 꽉 쥐었다.

'빨리 돌아오거라.'

루센의 눈동자가 반짝 빛났다.

'오늘이 바로 한 달째다.'

*　　*　　*

챙ㅡ! 카캉ㅡ!

수많은 기사들이 한데 엉켜 검을 나누고 있었다.

기사들은 두 부류였다. 백색 갑옷을 입은 기사들과 검은 갑옷을 입은 기사들.

자하르는 백색 갑옷을 입은 기사들 틈에 섞여 있었다.

쩡ㅡ!

자하르의 검이 검을 갑옷을 입은 기사를 두드렸다.

검은 갑옷을 입은 기사의 몸이 멀리 튕겨져 나갔다. 갑옷이 몸을 보호했다거나 하는 것이 아니었다. 그들의 몸 자체가 그 어떤 갑옷보다 단단한 것이다.

데스 나이트.

그것이 바로 검은 갑옷을 입은 기사들의 정체였다.

지금 이 싸움은 카르안이 겪은 전쟁의 단면이었다. 흑마법사들이 만들어낸 데스 나이트들과 왕국의 기사들의 많고 많았던 전쟁 중의 하나인 것이다.

"후우ㅡ"

데스 나이트 한 명을 날려버린 자하르가 길게 숨을 토했다.

벌써 싸움을 시작하고 반나절이 지났다. 체력적으로의 한계는 진작 지난 상태였다.

참으로 생생한 장면이었다. 피부로 느껴지는 겨울의 쌀쌀함도, 눈앞에 드리운 지옥같은 광경도. 이 모든 것이 고작 상상일 뿐이라니, 정말 신기할 따름이었다.

에드안의 심상 공간은 참으로 여러 가지를 가능하게 해주었
다.

허구일 뿐이지만 마나로 가득한 산속에도 가보았다. 드래곤
이라는 상상 속의 괴물을 잡아 그 내단을 먹기도 했다.

그 모든 것이 막대한 마나를 얻기 위한 방법.

어느 것 하나 현실이 아니지만, 모두가 현실처럼 느껴지는
것들이었다. 그리고 그 착각은 주위에 퍼진 마나를 자하르의
것으로 만들었다.

그리고 또 하나, 실전에 익숙해졌다.

수많은 몬스터들과 싸웠고 이러한 전쟁을 겪었다. 카르안에
게는 너무나도 당연했던 일이었지만 자하르에게는 너무나도
생소하고 두려운 일이었다.

자하르의 가장 큰 단점은 두 가지로 두드러졌다.

검을 꺼려하는 것과 실전에 미숙한 것.

하지만 그것을 극복한 이상 자하르는 지금의 몸으로 들어오
며 생겼던 부작용들을 거의 다 극복했다고 볼 수 있었다.

단점을 극복하고 마나 역시 꽤나 쌓였다.

'이 정도면 루셴을 이길 수 있다.'

머릿속으로 수많은 그림을 그렸다. 그 결과 이길 수 있다는
확신이 들었다.

그런 확신이 그려지자 눈앞에 나타났던 환상이 서서히 지워
졌다.

하늘과 땅이 뒤집혔다. 그리고 이내 뿌연 안개가 사방에 드

리웠다.

자하르는 그것이 자신이 만들어낸 허상이 사라지고 있는 것임을 알 수 있었다. 이러한 광경을 한두 번 본 것이 아니었다.

이내 뿌연 안개가 조금씩 걷히기 시작했다.

안개가 걷힌 후의 모습은 지극히 평범한 방 안이었다.

자하르는 늘 잠이 들었던 침대에 앉아 있었다. 방금 전 그렇게까지 열심히 검을 휘둘렀던 것들이 너무나도 비현실적으로 느껴질 정도였다.

상쾌했던 몸 상태가 뻐근하게 느껴졌다. 심상의 공간과는 다르게 실제 몸은 하루 종일 앉아 있던 상태였다.

자하르는 뻐근한 목을 좌우로 꺾으며 자리에서 일어났다. 한쪽에 놓아둔 검을 집으며 자하르가 방문을 나섰다.

덜컥—

자하르의 등장에 언제나처럼 밖에서 대기하고 있던 시종이 다가왔다.

"곧 식사를 준비하겠습니다."

시종이 그렇게 말하며 고개를 숙이고는 몸을 돌렸다.

식당으로 가서 음식을 준비하기 위함이었다.

지난 한 달간 자하르가 밖에 모습을 드러내는 경우는 거의 없었다.

출출할 때와 찝찝할 때.

식사 시간이거나 몸을 씻는 경우를 제외하고는 자하르는 방

안에 틀어박혀 있었다.

자하르는 몸을 돌린 시종의 어깨를 잡았다.

"됐어."

"예?"

시종이 모르겠다는 듯 고개를 갸웃거렸다.

혹시 몸을 씻으려고 그러는 건가, 싶었지만 자하르가 씻겠다고 나온 것이 불과 몇 시간 전이었다.

의아한 표정의 시종을 보는 자하르의 눈매가 반달 모양으로 휘었다.

"오늘로 한 달째야."

*　　　*　　　*

자하르가 연무장에 도착하자 연무장에서 검을 휘두르고 있던 기사들이 웅성거렸다.

그동안 얼굴조차 비추지 않았던 자하르가 갑작스레 모습을 드러냈으니 의아할 만도 했다.

그러거나 말거나 자하르는 기사들 틈에서 루셴을 찾았다.

'없나?'

아무리 찾아봐도 루셴의 얼굴이 보이지 않았다.

당연히 연무장에 있을 줄 알았는데 말이다.

자하르는 근처에 있던 기사에게 물었다.

"혹시 여기 루셴이라는 녀석 없나?"

검을 휘두르는 척, 자하르를 흘겨보고 있던 기사가 흠칫 놀라며 답했다.

검을 놓은 줄 알았던 자하르가 다시 연무장에 나타났기 때문이었다.

"루센이라니, 그가 누굽니까?"

"오웬 백작님의 아들 말이야."

"아, 그분이라면 방금 막 검을 휘두르다 가셨습니다. 땀을 많이 흘리셔서 아마 씻고 오실 듯합니다."

"그래?"

아무래도 몸을 풀고 있었던 모양이다.

한 달 후인 오늘 다시 한 번 대련하자고 으름장을 놓았으니 말이다.

'기다려야 하나?'

어차피 상관없다.

자신 역시 마지막으로 몸을 풀면서 기다리면 되는 것이다.

그렇게 생각한 자하르가 막 연무장 중앙으로 가 검을 휘두르려 할 때였다.

"어이, 검은 그렇게 휘두르는 게 아니지!"

자하르는 큰 소리로 소리치는 목소리에 그쪽으로 시선을 돌렸다.

그곳에는 루센보다 조금 성숙해 보이는 청년이 기사를 상대로 뭐라 잔소리를 늘어놓고 있었다.

자하르는 검을 휘두르려던 것을 잠시 멈추고 청년이 하는 잔소리에 귀를 기울였다.

"네 검술은 꽤 괜찮은 검술이당. 하지만 뛰어나지는 않당. 자, 다시 한 번 검을 휘둘러 봐랑."

"예, 예……."

얼떨떨하게 대답한 기사가 좌에서 우로 검을 휘둘렀다.

그란데 백작가의 기사답게 기사의 검은 매우 날카롭고 정교했다. 단점이라면 힘이 조금 부족한 것이겠지만, 휘두르는 모양세로 보아 기교 역시 꽤나 있는 듯했다.

'괜찮네.'

부족한 힘을 기교로 보충할 수 있을 정도의 실력.

실전이야 들어가 봐야 알겠지만 지금 휘두르는 검만 본다면 기사들 중에서도 꽤나 강한 축인 듯했다.

하지만 청년의 평가는 그게 아니었다.

"쯧쯧, 그거 봐랑. 네 검에는 기교가 부족하당. 이번만 해도 그렇지 않냐? 검은 무작정 힘으로 휘두르는 것이 아니당."

자하르는 청년의 말을 들으며 황당한 표정을 지었다.

완전히 정반대였다.

기사에게 부족한 것은 힘이지, 기교가 아니었다. 한데 청년은 기사에게 힘이 과하고 기교가 부족하다 가르치고 있었다.

"네 검술은 모양은 사는데 실전에선 써먹을 수가 없당. 그렇게 싸우면 한대도 못 때리고 맞기만 한당. 자, 내가 하는 걸 잘 보고 따라해랑."

청년은 호기롭게 허리춤에서 검을 뽑았다.

검사는 검을 뽑는 것을 보면 그 실력을 알 수 있었다.

자하르가 보기에 청년의 발검은……

‘그냥 뽑네?’

그래, 그냥 뽑는다.

마치 검을 처음 배우는 수련기사가 검을 뽑듯이, 그냥 뽑는다.

자하르는 좀 더 청년을 지켜봤다.

“하압!”

우렁찬 기합.

직후, 청년의 검이 허공을 갈랐다.

휘익―! 쐐애액―!

콰쾅―!

자하르는 청년의 검을 보며 놀란 표정을 지었다.

검사로서 대륙 제일의 위치에 올랐던 자하르다.

그동안 수많은 검술을 보았고, 그 어느 검술보다 뛰어난 검술을 직접 자신의 손으로 창안했다.

하지만 단연코 저런 검술은 처음 보았다.

아니, 저런 인간을 처음 보았다고 해야 하나?

“휘익! 쐐애액! 콰쾅!”

…직접 입으로 효과음을 내는 인간을 말이다.

그 모습을 보며 자하르는 속으로 생각했다.

‘…뭐 저런 병신이 다 있어?’

                              *   *   *

검술 같지도 않은 검술을 마치고, 청년은 기사를 향해 말했다.

"잘 봤냥? 이게 진짜 검술이당."

기사는 떨떠름한 표정으로 고개를 끄덕였다.

"아, 예……."

대답은 그리하면서도 기사는 어이가 없었다.

청년의 검술은 그리 나쁘지 않았다.

그래, 나쁘지 않다.

문제는 딱 거기까지라는 것이다.

검술 자체는 무척 좋았다.

당연하다.

청년은 류지 후작가의 장자였다.

당연히 청년이 펼친 검술은 류지 후작가의 검술이었다. 검술 자체만 놓고 봤을 때, 대륙에서 손꼽히는 명가의 검술인 것이다.

문제는 그 검술을 청년이 펼쳤을 때였다.

검술 자체의 완성도는 눈에 보인다. 한데 그 틀만 똑같지 그것을 휘두르는 청년의 모양새는 더없이 어수룩하다.

'내가 수련 기사였을 때 저랬었나?'

아니, 그보다 못한가 싶었다.

요즘 같은 기사단의 동료들이 데리고 다니는 수습 기사들도 청년보다는 검을 다룰 줄 알았다.

'이걸 콱 쥐어박을 수도 없고……'

류지 후작가의 장자에게 뭐라 따질 수도 없고, 미치고 팔짝 뛸 노릇이었다.

루센처럼 검을 잘 쓰기라도 해서 서로 대련을 하기라도 한다면 모를까, 이상한 개소리만 늘어놓는다.

위안이라면 다른 동료 기사들도 똑같이 당한다는 것이다.

'조금만 더 참자……. 조금만 더……'

지금 이 상황에서도 되도 않는 헛소리를 늘어놓는 청년을 보며, 기사가 마음속으로 인내를 길렀다.

"니들 뭐하냐?"

자하르의 음성이 청년의 잔소리 속으로 불쑥 끼어들었다.

기사는 자하르를 발견하고는 서둘러 고개를 숙였다.

"오, 오셨습니까?"

'언제 오신 거지?'

청년의 잔소리를 듣느라 자하르를 발견하지 못하고 있던 기사가 고개를 갸웃거렸다.

자하르는 청년과 기사를 번갈아 보다 청년에게 시선을 고정했다.

"너 누구냐?"

자하르의 물음에 청년의 이마가 잔뜩 찡그려졌다.

딱 봐도 자신보다 훨씬 어려 보이는 자하르가 말을 놓으니 기분이 좋지 않은 것이다.

“그러는 넌 누구냥?”

“여기 집주인 아들.”

청년이 자하르의 얼굴을 뜯어봤다.

“네가 자하르냥?”

“그런데?”

청년이 반색했다.

“반갑당. 난 로라스라고 한당. 루센의 형이지.”

자하르는 놀란 표정으로 로라스를 바라봤다.

“루센의 형?”

“그렇당. 네가 한 달 전에 루센과 대련을 했다며? 아무쪼록
부족한 동생이지만 잘 부탁한당.”

로라스는 그렇게 말하며 자하르를 향해 손을 척 내밀었다.

“헐…….”

자하르는 감히 그 손을 잡을 생각을 못했다.

잡는 순간, 병신력이 옮을 것 같았다.

‘루센은 뛰어난데, 형이라는 녀석은 왜 이래?

찬찬히 뜯어보면 얼굴은 조금 닮은 것 같기도 했다.

하지만 성격이나 검술 등, 외모 이외의 것들은 전혀 달랐다.

도무지 같은 형제끼리 어떻게 이렇게 다를 수가 있는지 신
기할 정도였다.

‘게다가 누가 누구보고 부족하다는 거야?

누가 봐도 부족한 쪽은 로라스였다.

루센은 유능하다 못해 천재 소리를 들어도 부족함이 없었

다. 그 나이 대에 엑시드의 경지에 드는 사람은 전 대륙을 통틀어도 몇 존재하지 않았다.

반면, 방금 전의 검술로 보아 로라스는 잘 쳐줘야 수련 기사 정도였다.

그나마도 자세나 검을 휘두를 때 보이는 힘 분배, 빠르기 등은 일반 길바닥 용병 수준도 안 된다. 수련 기사 수준 정도라 생각한 것도 사용하는 검술 덕택이었다.

자하르는 한참을 고민하다가 로라스가 건넨 손을 잡았다.

잡은 손이 부르르 떨렸다.

'아, 기분 나빠.'

그런 자하르의 기분을 아는지 모르는지, 잡았던 손을 놓으며 로라스가 말했다.

"그나저나 방금 전까지 루센 녀석이 근처에 있었는데, 어디 간지 모르겠당."

"씻으러 갔다더라."

"그랭? 그럼 난 이 녀석이나 마저 가르쳐야겠당."

로라스가 다시금 기사를 바라봤다.

로라스의 눈길을 받은 기사가 몸을 잘게 떨었다. 자하르와 대화를 하면서 자신에게 신경을 꺼주었으면 했는데, 그게 안 되었다.

'아, 짜증나…….'

기사가 애써 표정 관리를 하며 어색하게 웃었다.

"애먼 녀석 괴롭히지 말고 나랑 대련이나 한 번 어때?"

자하르가 허리춤의 검집을 툭툭 건드리며 히죽 웃었다.

"검에 대해 꽤 안다는 듯이 떠들던데 말이야."

자하르는 로라스의 콧대를 눌러 주고자 일부러 도발적인 대사를 날렸다.

당연히 로라스가 발끈해 할 줄 알았다.

하지만 돌아오는 대답은 전혀 의외였다.

"응? 너 루센한테도 졌다고 하지 않았냥?"

"……."

"에이, 일 없당. 같은 급이랑 놀아랑."

자하르는 뭐 이런 새끼가 다 있나 싶어 멍하니 로라스를 바라봤다.

무서워서 회피하는 거면 모른다.

실력에 자신이 없다면 이런 반응이 나오는 것이 크게 이상할 것 없다.

그래, 그런 거라면 이해할 수 있다.

문제는 로라스의 표정은 진심이라는 것이다.

정말로 같잖다는 듯이, 정말로 귀찮다는 듯이, 손을 휘휘 저으며 귀를 후비적 팠다.

이쯤 되면 어이가 없다 못해 기가 찬다.

살다 살다 이런 또라이는 처음 본다.

그때였다.

"형님! 여기서 또 뭘 하고 계시는 겁니까!"

연무장으로 루센이 들어오며 로라스를 향해 버럭 소리를 질렀다.

로라스는 표정을 활짝 펴며 루센을 맞이했다.

"왔냥?"

루센지 로라스의 앞에 바짝 서며 작게 타이르듯 말했다.

"또 기사들을 귀찮게 하고 계셨던 겁니까?"

"귀찮게라니, 그게 무슨 소리냥. 내 조언이 얼마나 저들에게
도 도움이 되는데."

"하아, 형님… 제발 좀 그만해 달라고 하지 않았습니까. 게
다가 아버지께서도 제발 조용히 있으라 당부하셨다면서요?"

"에잉, 가문의 가전 검술이 유출될까봐 그러느냥? 걱정 마
랑. 그 정도로 생각이 없는 내가 아니당."

"그게 아니라……."

루센과 로라스의 대화를 들으며 자하르는 속으로 생각했다.

'미친 새끼.'

그 후로도 루센과 로라스의 대화는 계속되었다.

하지만 대화는 제대로 이루어지지 않았다.

저건 대화가 아니었다. 일방적인 로라스의 자문자답에, 자
기 합리화이다.

저런 사람과 제대로 대화가 될 리 없었다. 사고방식 자체가
일반적인 사람들과는 다른 녀석이다.

'루센 저 녀석도 피곤하겠군.'

저런 녀석을 형으로 뒀으니 피곤할 만도 했다.

자하르가 안쓰러운 마음에 루센을 바라봤다.

“에잉, 알았다. 너와 아버지께서 그렇게까지 걱정하신다면 이만하마.”

“제—발! 말썽 좀 피우지 말고 계십시오.”

“알았다니깐 그러넹. 에잉.”

로라스가 삐친 얼굴로 막 몸을 돌렸다.

그대로 연무장을 나서는가 싶더니, 갑작스레 걸음을 멈추고 다시 몸을 돌렸다.

“그전에, 니들 노는 거나 보고 가야겠당.”

“노는 거요?”

루센이 무슨 소리냐는 듯 고개를 갸웃거렸다.

로라스가 눈짓으로 자하르를 가리켰다.

그때서야 자하르를 발견한 루센이 앗 하는 표정으로 물었다.

“언제 왔냐?”

“꽤 됐다.”

루센과 시선을 마주하며 자하르가 씩 웃었다.

“준비는 됐나?”

자하르의 주먹이 꽉 쥐어졌다.

긴장과 설렘으로 쥐어진 주먹이 부르르 떨렸다.

루센 역시 자하르와 눈을 마주하며 방금 전과는 다른 진지한 표정으로 답했다.

“물론이지.”

CHAPTER 05
재대결

오웬 백작과 그란데 백작이 이야기를 듣고 곧장 연무장으로 찾아왔다.

자하르와 루센이 대련을 하는 데에는 중재를 해줄 사람이 필요했던 것이다.

이전과 같이 두 사람의 대련을 지켜보는 사람은 꽤나 많았다.

오웬 백작과 그란데 백작, 연무장에 있던 기사들과 더불어 로라스까지.

원형으로 빙 둘러싸고 있는 가운데 자하르와 루센이 서로 대치하고 있었다.

"기대하고 있었다."

스릉—

루센이 검을 뽑았다.

뽑은 검 끝이 미세하게 떨리며 루센의 기대감을 대변해 주었다.

"네 덕분에 한 꺼풀 벗었다. 고맙다는 말을 하고 싶었다."

루센은 진심으로 자하르에게 고마운 마음을 가지고 있었다.

아마 자하르가 아니었다면 자신은 오랜 시간 동안 검술의 중요성을 깨닫지 못했을 것이다. 그렇게 계속해서 검술을 등한시했다면, 결국에는 그저 그런 검사로 살아갔겠지.

하지만 자하르와 만나고, 대련을 하게 된 덕분에 검술의 중요성을 깨닫게 되었다.

덕분에 루센은 강해졌다.

고작 한 달 사이에 체계적으로 류지 후작가의 검술을 익혔다. 물론 그것을 지도해 준 사람은 류지 후작이었다.

"나 역시 기대하고 있었지."

자하르가 마주 검을 뽑았다.

루센과 검을 맞대는 순간 자하르가 몸을 부르르 떨며 전율했다.

'즐겁군.'

얼마만인지 모르겠다.

이렇게 긴장감 넘치는 대련이 말이다.

전생에서는 나이 사십이 넘어간 이후 적수가 없었다. 오십이 넘어가서는 제대로 된 대련이라는 것을 해보지 못했다.

실력차가 너무 큰 탓이었다.

죽기 전 마지막으로 싸웠던 아이작과의 싸움은 그에게 있어서도 큰 즐거움이었다.

'흑마법에 미친 변태 늙은이지만, 실력 하나는 끝내줬지.'

그 정도까지는 아니지만 루센 역시 훌륭한 대련 상대였다.

상대적으로 자신의 실력이 떨어진 이유도 있고, 복수전이라는 이름 또한 그의 즐거움을 자극했다.

'재미있어. 아주, 아주 즐거워……'

전율에 몸을 부르르 떨며 자하르가 성큼 앞으로 나섰다.

"제대로 붙어 보자고."

*　　*　　*

자하르와 루센을 지켜보며 오웬 백작과 그란데 백작이 대화를 나눴다.

"누가 이길 것 같나?"

오웬 백작의 물음이었다.

그란데 백작은 루센과 자하르의 모습을 빤히 바라봤다.

서로 검을 뽑은 채 마주하고 있는 루센과 자하르.

두 사람을 바라보던 그란데 백작이 고개를 저었다.

"모르겠군."

"그런가? 나도 그런데."

오웬 백작이 통 모르겠다는 듯 고개를 갸웃거렸다.

"자하르 저 녀석, 우리 몰래 수련이라도 했나?"

"아니, 씻거나 식사를 할 때를 제외하고는 방에서 나오지도 않았네. 혹시나 해서 시종들에게 매일같이 보고를 하라 했으니 정확할 게야."

"그렇다면 정말로 이상하군."

도무지 이해가 가지 않는 상황이다.

상식적으로 생각해 보면 당연히 루센이 이기는 것이 맞다.

루센은 성장했다. 한 달 전과 같은 사람이라고 생각할 수 없을 정도로 강해졌다.

그것은 지난 한 달 간 얼마나 독하게 수련을 했는지, 그리고 그 발전이 얼마만큼인지 오웬 백작이 가장 잘 알고 있었다. 루센의 성장은 정말 무시무시할 정도였다.

반면 자하르는 한 달이라는 시간동안 자신의 방에 처박혀 있었다.

무엇을 했는지는 모른다. 하지만 그 좁은 방 안에서 검술을 수련하지는 않았을 터였다.

하지만 이상하다.

한 명의 검사로서의 직감은 승패를 장담할 수 없다고 말하고 있었다.

아니, 그것도 아니다.

"어째서……."

오웬 백작이 정말 모르겠다는 듯 중얼거렸다.

"자하르 저 녀석이 이길 것 같은 게야……."

                    *   *   *

콰직—!

자하르가 대리석으로 만들어진 지면을 박찼다.

빠른 속도로 쏘아진 자하르의 몸이 순식간에 루센의 앞에 나타났다.

'빨라!'

한 달 전과 비교도 할 수 없는 속도였다.

내심 당황한 루센이 곧 침착하게 대응했다.

날아오던 자하르의 검이 두 갈래로 나뉘어졌다.

'환검인가?'

하지만 환검이라면 이미 익숙하다.

그란데 백작가의 기사들이 사용하는 검술은 대부분이 환검 계열의 검술이었다.

순식간에 환영과 진짜를 구분한 루센이 자하르의 검을 쳐냈다.

카앙—!

"후읍!"

루센의 눈이 번뜩 빛났다.

슈슈슉—

그대로 루센의 검이 빠르게 자하르를 휘감았다.

사방에서 옥죄어오는 수많은 실의 가닥! 그 모두가 루센이 휘두르는 검의 선이라는 것을 모르는 사람은 없었다.

'꽤나 빠른데?'

자하르는 루센의 검을 방어하며 속으로 감탄했다.

검이 지나간 선이 실처럼 얇게 이어질 정도라면 그 검의 속도를 추측해 볼 수 있다.

이미 루센의 쾌검은 경지에 이르렀다.

한 달 전의 무식한 검술은 보이지 않았다. 루센의 검에 자리 잡은 것은 순수한 쾌검의 묘리였다.

'하지만 빠르기만 할 뿐, 아직은 어수룩하군.'

쾌검의 가장 중요한 빠르기는 갖춰졌다.

하지만 그 외, 검의 변화나 무게와 같은 부가적인 것들은 거의 갖춰지지 않았다.

그랬기에 자하르가 이렇게 방어를 할 수 있는 것이다. 공격 한 번 한 번에 환검의 변화나 중검의 무게가 실려 방어하기가 그리 쉽지 않았을 것이다.

이 정도라면 아주 손쉽다.

스슥—

자하르의 발이 지면을 둥글게 쓸었다.

자하르의 몸이 수많은 검들의 선 사이로 파고들었다. 설마 하니 그 많은 검들의 선 사이로 파고들 줄 몰랐는지 루센의 표정에 당혹감이 어렸다.

'오히려 이런 게 파고들기는 쉽지. 잘 보이고.'

실처럼 가느다란 선이지만, 집중하면 못 볼 것도 없었다.

쾌검은 느릴수록 선이 얇아진다. 경지를 넘어 아주 빨라질수록 선조차 보이지 않는다.

루셴은 그 딱 중간이었다.

검들의 선이 아주 선명하게 보이는 단계.

자하르와 같이 경험이 노련한 검사에게는 차라리 이편이 파고들기 쉬웠다.

가느다란 선을 피해서 선과 선 사이로 빠져나가기만 하면 되는 것이다.

물론 그것을 모르는 이들에게는 무식한 자살행위로 보이겠지만.

후웅—!

자하르의 검이 위에서 아래로 내려왔다.

루셴이 서둘러 몸을 뒤로 뺐다. 검을 회수하는 것이 아주 자연스러웠다.

하지만 자하르의 공격은 거기서 끝나지 않았다.

스캉—! 카캉—!

자하르의 검이 사방에서 루셴을 덮쳤다.

자하르의 검은 루셴의 검처럼 빠르지 않았다. 하지만, 공격 한 번 한 번이 상대의 눈을 속이는 변화를 담고 있었다.

어느 때에는 두 갈래로, 어느 때에는 세 갈래, 네 갈래로.

한 달 전과는 비교도 되지 않는 솜씨에 루셴이 놀랐다.

'나도 놀지만은 않았다!'

루셴이 검을 크게 좌에서 우로 휘둘렀다.

쩡—!

덮쳐오던 여러 갈래의 검의 환영들이 잔상처럼 날아갔다. 진짜 검이 허공 위로 붕 떴다.

루센의 입가에 씩 미소가 맺혔다.

자하르의 입가에 역시 씩 미소가 맺혔다.

두 사람 모두 약속이라도 한 것처럼 동시에 뒤로 물러섰다.

자하르가 입가의 미소를 지우지 않은 채 말했다.

"제법이야."

"칭찬 고맙군."

"그럼, 이제 제대로 해볼까?"

루센이 고개를 끄덕였다.

루센의 몸에서 하얀색의 아지랑이가 피어올랐다.

엑시드였다.

루센의 아지랑이는 이전보다 훨씬 선명해져 있었다. 고작 한 달 사이에 엑시드의 경지를 몇 단계나 끌어올린 것이다.

육체의 강함이 인간을 탈을 벗는다.

검의 속도가 더욱 빨라질 것이다. 더불어 쾌검을 펼치느라 부족해진 검의 무게를 엑시드가 대신해준다.

엑시드를 사용하는 것만으로도 루센은 몇 배는 강해질 것이다.

자하르 역시 그 사실을 알기에 입가를 씰룩였다.

아주 즐겁다.

그래, 이 정도는 해주지 않으면 실망했을 것이다.

“그럼 나도……. 후읍—!”

자하르가 숨을 크게 들이쉬며 눈을 감았다.

몸속에서 자유로이 돌아다니던 마나가 한 순간 폭발하듯 용솟음쳤다.

우우웅—

자하르의 몸에서 아지랑이가 뻗어 올라갔다.

푸른색으로 빛나는 아지랑이가 자하르의 몸을 감쌌다.

루센과 같은 엑시드의 경지였다.

자하르의 눈꺼풀이 벗겨졌다.

눈꺼풀에 감춰져 있던 자하르의 눈동자가 다시 드러났다.

황금색 안광을 반짝이며 자하르가 루센을 바라봤다.

“그럼 이제 2차전.”

자하르의 입매가 길게 벌어지며 정말 즐겁다는 표정을 지었다.

＊　　　＊　　　＊

오웬 백작과 그란데 백작은 자하르를 보며 멍한 표정을 지었다.

“미, 미친…….”

“설마… 엑시드?”

설마 하는 표정으로 두 사람 모두 눈을 비볐다.

다시 봐도 눈에 보이는 모습은 달라지지 않았다.

열일곱의 나이에 엑시드라니…….

그것도 솟아오르는 아지랑이의 양으로 보아 완전히 성숙한 엑시드였다.

"저게 말이 돼?"

"글쎄……. 직접 보면서도 믿기질 않는군."

오웬 백작의 물음에 그란데 백작이 고개를 저었다.

저게 정말 얼마 전까지만 해도 빌빌대던 자신의 아들이 맞나 싶었다.

'도대체 방 안에서 무얼 한 게냐.'

한 달 전과는 비교도 되지 않는 실력이다.

더불어 그 사이 엑시드라는 경지를 개척했다.

검술이 뛰어난 것은 이해할 수 있다.

백 년, 천 년에 한 번 있을까 말까한 천재라고 생각하면 그나마 이해할 수 있다.

하지만 엑시드라는 경지는 아무리 천재라 하더라도 이해할 수 없다.

엑시드는 기본적으로 체내의 마나를 태우는 것으로 육체 능력을 강화한다.

몸에서 피어오르는 아지랑이는 마나를 태우는 것이 현상으로 나타나는 것이다.

그런 만큼 엑시드는 당연히 마나를 필요로 했다.

자하르의 몸에서 피어오르는 아지랑이의 양은 적지 않았다. 그 양으로 보건대 자하르의 마나 양을 짐작할 수 있었다.

결코 적지 않다.

얼마나 저 상태를 유지할 수 있을지는 모르겠지만, 저 정도 양의 아지랑이가 피어오르는 것만 보더라도 마나의 양이 적지 않음을 확연히 알 수 있었다.

"네 아들은 정말 모르겠어."

오웬 백작이 고개를 설레 저었다.

도무지 모를 놈이다, 자하르라는 녀석은.

검을 휘두르기 시작한 지 고작 두 달 사이에 엑시드의 경지에 오르다니, 듣도 보도 못했다.

그란데 백작 역시 고개를 끄덕였다.

자신의 아들임에도 정말…….

"괴물 같은 녀석이야."

＊　　　＊　　　＊

자하르의 몸에서 피어오르는 아지랑이를 보며 루센이 입가를 씰룩였다.

"엑시드?"

아지랑이가 황금색이라서 순간 못 알아봤다.

하지만 느껴지는 마나의 기운으로 보아 엑시드가 확실했다.

루센이 어이없다는 듯 물었다.

"너, 언제 엑시드의 경지에 올랐지?"

"얼마 전에."

얼마 전.

아마 지난 한 달 사이를 말하는 것이리라.

루센이 인상을 팍 쓰며 말했다.

"괴물 같은 자식."

"그거 칭찬이지? 고맙게 들을게."

자하르가 서둘러 검을 겨눴다.

"아쉽게도 오래 지속은 못해서 말이지. 서둘러 간다."

팟—

자하르의 몸이 스프링처럼 튕겨져 나갔다.

이전과는 비교도 되지 않은 속도였다.

엑시드로 인해 육체적 능력이 어마어마하게 늘어난 것이다.

미리부터 긴장하고 있던 루센이 뻗어오는 자하르의 검을 막았다.

쩌엉—!

자하르의 찌르기가 루센의 검 면에 막히며 요란한 소리를 냈다.

루센은 자하르의 검을 튕겨내며 빠르게 검을 찔렀다.

슈슈슈웅—

순식간에 검이 다섯 번 찔러졌다.

보통 사람의 눈에는 제대로 보이지도 않을 정도의 빠르기였다. 더군다나 엑시드의 힘이 더해져 위력도 발군이었다.

한 번 한 번이 어지간한 기사들이 전력을 다한 찌르기 못지않았다.

‘역시… 대단하군.’

몸을 돌리며 찌르기를 피한 자하르가 속으로 감탄했다.

루센의 찌르기는 군더더기가 없었다. 빈틈을 노릴 새도 없이 회수한 검이 다시 찔러왔다.

이런 유형의 검사는 많이 만나 보았다.

아마 자신이 아닌 다른 기사였다면 루센의 빠르기를 따라가지 못하고 당했을 것이다.

슈욱―

루센의 찌르기가 자하르의 뺨을 스치고 지나갔다.

바람을 찢는 파공음이 귓가에 맴돌았다.

엑시드를 사용해서 그런지 부족한 힘이 채워졌다. 엑시드의 경지에 오르기 전과 후에서 가장 차이가 나는 부분이 바로 이 것이었다.

‘나도 마냥 가만히 있을 수는 없지.’

한 달 사이 마나를 많이 쌓았다지만 엑시드를 유지할 수 있는 시간은 고작해서 십 분 정도다.

그 시간 안에 승부를 내려면 좀 더 적극적으로 나설 필요가 있었다.

자하르는 루센의 찌르기를 피해 몸을 숙였다. 루센은 몸을 숙인 자하르를 향해 검을 아래로 내리쳤다.

그때 자하르의 검이 루센의 검을 옆으로 밀어냈다.

“……?”

루센의 표정에 당혹감이 어렸다.

검을 쳐 내는 것도 아니고, 옆으로 밀어냈다.

자신의 손 역시 자연스럽게 자하르의 검을 타고 하늘 위로 자연스럽게 올라갔다.

전혀 힘을 쓰지 못했다.

'이, 이건 또 뭐야?'

마치 아버지인 오웬 백작과 대련할 때와 같았다.

이런 건 서로간의 검술 수준이 월등히 차이가 나지 않고서는 하기 힘들었다.

물론 검술을 제대로 배운 지 얼마 되지 않은 루센이 그걸 알 리 없었다.

자하르의 검이 십여 갈래로 나뉘어져 루센의 사방에서 휘감겨왔다.

"쳇."

루센이 혀를 차며 검을 다시 회수했다.

쾌검을 구사하는 루센에게 있어서 날아간 검을 다시 회수하는 데에 걸리는 시간은 아주 짧았다.

하지만 자하르와 루센 정도 수준의 검사들에게 그 짧은 시간은 치명적이었다.

루센은 검을 휘둘러 일일이 환영을 쳐냈다.

'다 쳐내기는 글렀군.'

루센은 몸을 뒤로 내뺐다.

뒤로 물러서며 환영을 하나둘 쳐냈다. 가상의 검들이 잔상처럼 흩어졌다.

‘뭐가 진짜냐?’

환영의 수는 줄지 않았다. 아무리 쳐내도 계속해서 늘어났다.

루센의 쾌검이 환영을 없애는 수보다 새로이 만들어지는 환영의 수가 더 많다는 뜻이었다.

이는 곧 자하르의 환검이 루센의 쾌검보다 더 뛰어나다는 것을 의미했다.

루센으로서는 여기까지 와서 자존심이 상할 것도 없었다.

한 달 전만 해도 자하르의 검술은 자신의 검술보다 수준이 높았다.

엑시드를 터득함으로서 더욱 강인해진 육체 덕분에 몸에 무리가 갈 일도 없었다.

‘진짜 이 녀석은 괴물이군.’

결국엔 수십 갈래로 늘어난 환검이 루센의 몸을 덮쳤다.

찌르기와 횡 베기, 찍기와 사선 긋기.

뱀처럼 휘어지는 검도 있었고, 심장을 노리고 쏘아지는 검도 있었다. 아무리 봐도 피할 공간이 보이지 않았다.

‘그 사이 이런 것까지 계산한 건가?’

무엇 하나를 쳐내고 몸을 내빼려 해도, 결국에는 공격을 허용할 수밖에 없다.

지금 덮쳐오는 환영의 그물들은 그런 구조로 이루어져 있었다.

‘진짜 천재는 따로 있었군.’

천재 소리를 들으며 살아왔던 지난날들이 허무하게 느껴졌다.

진짜 천재를 대면한 느낌은 그런 것이었다.

순식간에 씁쓸한 표정을 지우며 루셴의 눈이 날카롭게 휘어졌다.

'하지만 이대로 당할 수만은 없지.'

환검은 상대의 눈을 속이는 수많은 변초들로 이루어진 검. 결국에 진짜는 하나일 수밖에 없다.

그렇다면 모험을 해볼 만했다. 저 수많은 그물들 중 한 공간을 쳐내고, 그 사이로 몸을 빼면 되는 것이다.

결심을 굳힌 루셴이 검을 휘둘렀다.

슈슈슈슉―!

루셴의 검이 수많은 환검들 사이로 뿌려졌다.

순식간에 이루어진 세 번의 베기가 그물 사이에 커다란 구멍을 뚫었다.

루셴은 곧장 그 틈으로 몸을 날렸다.

하지만 곧 이어 스산한 느낌이 들었다.

'예기?

바로 옆쪽에서 날카로운 예기가 느껴졌다.

하필이면 바로 옆에 진짜 검이 있었던 것이다.

수많은 환영들이 사라지며 하나의 검으로 흡수되듯 사라졌다.

드디어 진짜 검이 나타난 것이다.

하지만 피하기엔 자세가 좋지 않았다.

‘느, 늦었…….’

그때였다.

쩌엉—!

루센을 향해 휘둘러진 자하르의 검이 하늘로 붕 떴다.

어느새 다가온 오웬 백작이 저지한 것이다.

“끝났다.”

자하르가 검을 회수하며 고개를 숙였다.

“감사합니다.”

“네 녀석……. 진짜 말도 안 되는 괴물이구나.”

칭찬인지 욕인지 구분이 안 되는 말.

다소 장난스럽던 오웬 백작은 없었다. 정말 질린다는 표정으로 자하르를 바라볼 뿐이다.

자하르는 대답 대신 히죽 웃었다.

오웬 백작이 자하르를 바라보다 시선을 루센에게로 돌렸다.

“아쉽게 됐구나.”

대놓고 졌다고 하기보다는 다소 위로가 섞인 말이었다.

그 말에 루센은 입술을 꼭 씹었다.

“…다시 붙으면 이길 수 있습니다.”

“아니, 다시 해도 진다.”

오웬 백작이 고개를 저었다.

아무리 아들 바보라고는 하지만 확실히 짚고 넘어가야 할 부분이라 생각한 것이다.

그러는 편이 아들인 루셴에게도 더욱 도움이 될 것임을 알기에.

루셴이 무슨 소리냐는 듯 고개를 똑바로 쳐들었다.

"왜입니까?"

"요행 때문에 졌다고 생각하느냐?"

"아닙니까?"

하필이면 자신이 정한 장소가 진짜 검의 근처였다.

만약 쳐낸 검들 중에서 진짜 검이 있었거나 했다면 이렇게 되지는 않았을 것이다.

그것이 루셴의 생각이었다.

"그 모든 환영이 진짜였다."

그란데 백작이 루셴에게 다가오며 말했다.

루셴이 그란데 백작을 돌아봤다.

"그게 무슨 소립니까?"

"아니, 정확히 말하면 모두가 허상이라고 해야 하나? 언제 든지 환영들 사이로 진짜 검을 옮길 수 있을 정도로 빠른 쾌검이 아니고선 힘든 검술이었어. 자하르의 검술은 말이지."

"…쾌검?"

"환검과 쾌검, 두 가지를 모두 구사하더구나. 자하르 넌 말이지."

그란데 백작과 오웬 백작이 자하르를 괴물이라 칭한 이유가 바로 이것이었다.

자하르의 검에는 환검의 변화만 들어 있는 것이 아니었다.

쾌검의 빠름 역시 들어 있었다. 수많은 검의 환영들 사이로 언제든지 검을 옮길 수 있는 빠른 쾌검이었다.

환검 자체가 일정 수준 이상의 빠르기가 있지 않고서는 사용할 수 없는 것이다. 하지만 환검과 쾌검은 명확히 다르다.

선과 선의 가장 빠른 궤적.

점과 점의 가장 빠른 궤적.

그것을 가장 잘 이해하고, 그 궤적의 틀을 완벽하게 탈 줄 알아야 진정한 쾌검을 이해했다 할 수 있었다.

그런 점에서 자하르의 검은 빠르기만 덜했다 뿐이지 루센보다 더한 쾌검의 묘리를 담고 있었다.

"그런 검술은 언제 배운 것이냐?"

"연습했습니다."

자하르는 그 대답을 끝으로 입을 다물었다.

그란데 백작도 더 추궁하지는 않았다.

더 물어봤자 재능이냐는 등, 천재라는 등 하는 헛소리밖에 나오지 않을 것임을 알았다.

"아버지."

자하르가 그란데 백작을 불렀다.

"진정한 판타즘 검술은 환검뿐만 아니라 일정 수준 이상의 쾌검도 함께해야 한다는 것을 기억하세요."

"…뭐야?"

"빠름은 인간의 눈에 착시를 만듭니다. 착시는 곧 환영이 되고, 그것이 곧 환검입니다. 빠름을 중요시하는 것은 좋은데, 쾌

와 환을 나누어서는 안 됩니다. 쾌와 환을 하나로 보는 것이
바로 판타즘 검술입니다."

　말을 마친 자하르는 멀리 날아간 자신의 검을 주워 검집에
꽂았다.

　"그럼 전 이만 가보겠습니다."

　자하르가 그란데 백작을 스쳐 지나갔다.

＊　　　＊　　　＊

　자하르는 수련을 하던 도중, 그란데 백작이 보여준 검술 중
에서 어색한 것을 알 수 있었다.

　'쾌와 환을 나누다니, 이런 멍청한 경우가 어디 있어?

　빠름은 결국 착각을 만들어 낸다.

　루센의 검이 실처럼 가늘고 길게 보이는 것도, 너무 빠른 나
머지 검이 사라진 것처럼 보이는 것도, 모두가 다 착각의 일종
이다.

　환검이란 이런 착각을 극대화한 것에 지나지 않는다.

　빠름을 조율해서 상대로 하여금 환영을 보게 만드는 것. 그
것이 바로 환검의 정체였다.

　한데 그란데 백작의 검에는 쾌가 전혀 담겨져 있지 않았다.

　육체적으로 성장해 검이 빠르긴 하나 그것을 조율하지 않는
다.

　빠름에 대한 집착이 지나치면 그것은 쾌검이 된다. 하지만

일정한 정도의 집착이 필요한 것이 바로 환검인 것이다.

그렇기에 환검이 어려운 것이다.

환과 쾌, 두 가지의 무리를 알아야 하니까.

그런데 백작가의 판타즘 검술은 자신이 창안한 판타즘 검술에서 약간 변형된 것이었다.

'하긴, 천 년이라는 시간이 흘렀으니……. 뭐, 이제부터 바로 잡으면 되겠지.'

어차피 시간이야 많다.

자신이야 어차피 그런데 백작가의 검술을 배우는 것이 아닌 이미 알고 있었던 검술을 사용하는 것이니 괜찮다.

그렇게 생각하던 자하르가 어느 순간 걸음을 뚝 멈추고 생각했다.

'그러고 보니 아무리 생각해도 루센 녀석의 검도 어딘가 낯이 익는단 말이야…….'

곰곰이 생각하던 자하르가 눈살을 찌푸렸다.

'혹시 류지 후작가의 검술도 내 검술인가?

그런데 백작가의 검술이 자신의 검술이었다.

류지 후작가의 검술 역시 그러지 말라는 법도 없었다.

그렇게 생각하던 자하르가 눈살을 팍 찌푸렸다.

"아니, 아무리 생각해도 그건 내 검술인데……?"

*   *   *

루셴과의 매듭을 끝마친 자하르는 잠시 방에서 휴식을 취한 후 그란데 백작을 찾았다.

그란데 백작은 오웬 백작과 함께 담소를 나누고 있었다. 아무래도 그 주제가 자하르와 루셴의 대련이었는지 자하르가 덜컥 문을 열고 들어오자 깜짝 놀라했다.

"무슨 일이냐?"

그란데 백작이 한 손으로 자리를 권하며 물었다.

자하르는 권한 자리에 앉으며 물었다.

"한 달 전에 제가 잡은 흑마법사, 어떻게 됐습니까?"

"그게……."

그란데 백작은 곤란한 표정으로 그간 있었던 일을 설명했다.

흑마법사가 스스로 목숨을 끊은 것과 흑마법사의 등장으로 인한 처방 등.

자하르가 흑마법사를 색출해 낸 공을 무시할 수만도 없으니 최대한 자세히 알려주었다.

'아이작 녀석이 움직이는 건가?'

흑마법사의 움직임이 그와 아주 연관이 없지만은 않을 것 같았다. 그의 예상대로라면 아이작 역시 자신과 같은 새로운 몸을 가지고 태어났을 테니 말이다.

'누구의 몸을 가지고 태어났느냐가 관건이지. 혹시라도 흑마법사들 중에서도 아주 높은 녀석의 몸을 가지고 태어났다면…….'

자하르의 가설이 맞는다면 흑마법사들이 갑작스레 활동을 시작한 것이 아귀가 맞아 떨어진다.

아이작은 거침없는 인물이다. 스스로의 힘 역시 대단하고, 계략에 역시 능통했다.

과거 흑마법사들은 단순히 변질된 마법사일 뿐이었다.

아이작은 그런 흑마법사들을 하나로 모아 세력을 일군 인물이었다. 압도적인 흑마법을 가진 아이작을 중심으로 수많은 흑마법사들이 모여들었다.

아이작은 그렇게 모은 흑마법사 세력으로 조금씩 정복욕을 보이기 시작했다.

수많은 흑마법사들과 그들이 만들어낸 언데드와 데스 나이트, 그리고 대흑마법사 아이작의 신위.

조금씩 땅을 불려 나가기 시작한 흑마법사 제국은 결국 대륙의 절반을 아우르기에 이르렀다.

아이작은 본신의 무력은 물론이거니와 존재 자체만으로도 위험한 인물인 것이다.

'최대한 빠르게 강해져야 한다.'

평범한 마스터로는 아이작을 상대할 수 없었다.

천 년 전, 아이작을 상대하기 위해 다섯 명의 마스터가 합공을 했었지만 너무나도 쉽게 당해 버렸다. 아마 수십의 마스터가 더 달려든다 하더라도 아이작을 쓰러뜨리기란 쉽지 않을 것이다.

물론 현 대륙 제일검이라는 류지 후작이 있긴 하다. 대륙 제일이라는 이름을 걸고 있는 것을 보면 그 역시 상당한 실력을 가지고 있음이 분명했다.

하지만 과연 그가 아이작을 상대할 정도의 실력을 가지고 있을까?

결국은 아이작이 약해져 있는 지금을 노리거나 아니면 자신이 아이작을 상대할 수 있을 만큼 강해져야 한다.

"흑마법사가 영지에 숨어든 이유는 알아보셨나요?"

"아니, 애석하지만 이유는 찾지 못했다. 일차적으로 정보를 캐가기 위해 들어온 건가 의심해 봤지만, 일개 치유 마법사가 빼낼 수 있는 정보는 극히 적어."

"치유 마법사……."

자하르는 무언가 감이 오는 듯 말했다.

"치유 마법사가 할 수 있는 것은 하나밖에 없지 않습니까?"

"그거야……."

그란데 백작의 눈이 크게 떠졌다.

멍청하게도 지금까지 생각하지 못하고 있었던 부분이었다. 확실히, 치유 마법사가 할 일은 하나뿐이다.

"기사들의… 치료?"

"네, 치료를 하면서 그들의 몸에 무슨 짓을 해놓았을지도 모르죠."

으득.

그란데 백작이 이를 갈았다.

　　　　*　　　　*　　　　*

　싸움 이후 루센은 그란데 백작가에 머물렀다.

　루센은 자하르에게 이길 수 있을 때까지 머물겠다고 고집을 부렸다. 어제보다 더 자신을 몰아붙이며 연무장에서 검을 휘둘렀다.

　그란데 백작은 흔쾌히 승낙해 주었다.

　두어 명 정도 식객이 는다고 해서 문제될 것도 없었다. 더군다나 오웬 백작과 가끔 검을 나누는 것도 요즘을 지내는 낙 중 하나였다.

　자하르는 다음 날부터 연무장에 나왔다.

　에드안의 심상 공간보다는 역시 연무장에서 검을 휘두르는 것이 마음이 훨씬 편했다.

　자하르가 연무장의 한적한 곳으로 걸어갔다.

　자하르가 가자 근처에서 검을 휘두르고 있던 기사들이 자리를 비켜주었다.

　어제의 대련을 본 기사들이 하나둘 자하르를 달리 보기 시작했다.

　금방 검을 놓을 것이라 생각한 자하르가 엑시드의 경지에 올랐다. 일전에 루센의 대련에서보다 훨씬 강렬한 인상이었다.

　자하르가 검을 휘두르는 것을 구경하고자 기사들이 각자 검을 휘두르던 것을 멈추었다.

“후우—”

스룽—

검을 뽑으며 자하르가 숨을 깊게 들이마셨다.

그렇게 막 검을 휘두르려던 때였다.

가까이 다가오는 인기척이 느껴졌다.

“어제는 잘 봤당.”

실실 웃으며 다가오는 녀석은 로라스였다.

그 얼굴을 본 자하르가 기분 나쁜 표정을 지었다.

대놓고 벌레 씹은 표정을 짓는 자하르.

“또 뭐야?”

“너 어제 보니 생각보다 좀 더 하더랑.”

조금?

자하르는 네놈보다 수십 배는 강하다고 말하려던 것을 그만두었다.

대꾸해 봐야 자신만 피곤해 진다.

“그나저나 루센 녀석, 어느새 그렇게 강했졌대냥? 내가 잘 가르친 덕분인 것 같당.”

로라스가 한 것은 루센이 혼자 검을 휘두를 때 도움도 안 되는 헛소리를 늘어놓은 것밖에 없었다.

루센의 검술 지도를 도와준 사람은 류지 후작이었다.

그 뒤로 로라스는 자하르의 옆에서 시끄럽게 떠들었다.

참다못한 자하르가 로라스를 향해 쏘아붙였다.

“그래서 뭐 어쩌라고? 한판 붙자고?”

로라스가 눈을 깜박였다.

"에잉, 어제도 말했지만 일없당. 놀고 싶으면 루센이나 불러다 줄깡?"

'아놔, 뒷골이야……'

자하르가 이를 악물었다.

'감정 절제가 이렇게 안 되게 만드는 녀석은 내 긴 인생에 처음이군.'

다 때려치우고 베어 버리고 싶을 정도다.

간신히 화를 진정시킨 자하르가 몸을 돌렸다. 로라스를 피해 다른 곳에서 검을 휘두를 생각이었다.

"잉? 어디 가낭?"

로라스가 자신을 따라오려고 하자 자하르가 정색하며 말했다.

"너랑 얘기하고 싶지 않다. 따라오지 마."

"어랑? 그거 진짜냥? 후회하지 않겠냥?"

"후회?"

자하르가 무슨 소리냐는 듯 걸음을 멈추고 의아한 표정을 지었다.

자신이 후회할 만한 일이 있던가?

곧이어, 로라스의 입에서 말도 안 되는 헛소리가 흘러나왔다.

"어제 보니 검 좀 쓰더랑. 그래도 허술한 곳이 많더랑. 그래서 그런데 내가 검 쓰는 법을 좀 알려줄까 해서 말이당."

자하르는 헛웃음을 들이켰다.

'이 미친 또라이 새끼.'

이런 부류의 사람들이 아주 없었던 것은 아니었다.

실제로 귀족들 중에서도 허영심 많고 망상에 찌든 사람들은 꽤 많았다. 어린 시절부터 떠받들어지면서 정말로 자신이 대단한 사람으로 착각하는 부류의 귀족들이었다.

하지만 그것도 정도라는 것이 있는 법이었다.

허영심에 찌든 많은 귀족들을 만나 보았지만 단언컨대 로라스 정도로 심각한 전생의 경험을 합친 수십 년 인생에 있어서도 처음 보는 것이었다.

'그나저나 진심인가?

어제의 대련을 봤다면 결코 이런 말을 꺼낼 수 없을 텐데 무슨 생각일까.

'아니, 생각이 있으면 이런 헛소리는 안할 테지.'

곰곰이 생각하던 자하르에게 좋은 생각이 떠올랐다.

'그럼 되겠군.'

*　　　*　　　*

자하르는 검을 가르쳐 주겠다는 로라스의 말을 들었다.

로라스는 그럼 그렇지 하는 표정으로 어깨를 으쓱였다. 자하르는 그 모습을 보며 코웃음을 쳤다.

'가르치는 걸 한 번 봐보지. 잘못된 곳이 있으면 하나하나

뜯어 고쳐주마.'

검이라는 것이 완벽할 수는 없다.

실제로 검가의 가주인 그란데 백작만 하더라도 완벽한 검술을 구사하지는 못한다. 아마 그것은 그란데 백작보다 수준이 높은 류지 후작도 그러할 것이다.

완벽한 검술은 세상에 없다.

어딘가에는 허점이 있게 마련이다.

하물며 로라스는 말할 것도 없다.

논리정연하게 허점을 파고들면 로라스라고 해도 반박하지 못할 것이다.

'그렇게 한 번 눌러주면 다시는 접근도 안하겠지.'

연무장에 올 때마다 이렇게 귀찮게 굴면 자하르로서도 피곤했다.

특히나 로라스는 사람을 짜증나게 하는 재주가 있었다. 그 방면으로는 정말 대륙 최고라고 인정해 줄 만하다.

자하르는 팔짱을 끼운 채 말했다.

"뭘 가르쳐 줄 건데? 가르칠 거라면 먼저 내 검술의 허점부터 말해보는 게 어때?"

자하르의 물음에 로라스가 고개를 끄덕였다.

"어디 그럼 검술을 한 번 펼쳐 봐랑."

"어제 보지 않았나?"

"에잉, 자고 나서 까먹었당."

당당하게 할 말이 아니었다.

그럴 줄 알았다는 듯 자하르는 한숨을 푹 내쉬었다.

'뭐, 그리 어려운 것도 아니고……'

자하르는 검을 뽑아 판타즘 검술을 펼쳤다.

쉬이익— 쐐액—!

수많은 환검들이 허공에 떠올랐다.

쉽게 진짜를 구분할 수 없는 환검들의 모습이 허공에 펼쳐지자, 그 모습은 아름답기까지 했다. 주변에 있던 기사들이 그 모습을 보고는 탄성을 내질렀다.

"우와……."

"마치 백작님의 검술을 보는 듯하군."

자하르는 검을 휘두르던 것을 갈무리했다.

그러자 허공에 떠올랐던 수많은 검의 환영들이 잔상처럼 사라졌다.

로라스는 그 모습을 보며 고개를 갸웃거렸다.

그러더니 고개를 끄덕이며 말했다.

"네 검에는 두 가지 결점이 있당."

철컥—

검을 집어넣으며 자하르가 물었다.

"그게 뭔데?"

이쯤 되니 궁금했다.

로라스가 지껄일 헛소리가 뭔지.

두 가지나 되는 말도 안 되는 결점이 뭔지.

로라스의 입이 벌어졌다.

"네 검술은 볼 만한 검술이당. 하지만 실전에서 써먹기는 힘들당. 그게 뭐냥? 요란하다고 무조건 좋은 것만은 아니당."

"아, 그래……."

자하르가 한숨을 내쉬었다.

그래, 이런 헛소리를 늘어놓을 줄 알았다. 하지만 막상 듣고 보니 귀를 후벼파고 싶은 마음이 들었다.

자하르는 계속해 보라는 듯 고개를 끄덕이며 손을 저었다.

로라스의 다음 말이 이어졌다.

" 두 번째로, 콰쾅! 하는 소리가 없당."

"…뭐?"

"검을 휘두르면 콰쾅! 하는 소리가 나야지, 그게 뭐냥? 그게 바로 폭발력이 없다는 증거당."

자하르는 이마를 탁 짚었다.

앞에 것보다 이게 훨씬 더 병신 같다.

'아, 시발…….'

머릿속에 오만가지 욕이 다 떠올랐다.

도대체 이놈의 머릿속에 든 게 뭔지, 혹시 정신병이라도 있는 건 아닌지 의심이 갔다.

'그래서 입으로 콰쾅! 하고 효과음을 낸 거냐? 그렇게 하면 검에 폭발력이 실어질 줄 알아?

검술의 무리로 따지면 로라스가 말한 콰쾅! 하는 효과음이라는 것이 아예 틀린 말은 아니었다.

카르안의 검술 중에는 폭검이라는 개념이 있다.

이는 흑마법사들과 싸우는 와중에 폭발 마법들을 사용하는 적을 보고 창안한 검술의 속성이었다.

검으로 기운을 모으고 그것을 한순간에 퍼뜨리면 검로를 따라 전방으로 마나가 폭발하여 거대한 소리와 함께 위력을 발휘하는 검세였다. 그리고 이것은 환검과는 어떤 면에서는 서로 비슷하면서도 대립되는 부분이 있었다. 이는 검을 운용하는 허초와 힘의 운집에 대한 차이였다.

환검은 허초를 많이 둔다.

하지만 이러한 사실을 로라스가 알 턱이 없다. 정말 말 그대로 소리만 나면 된다는 개념으로 내뱉은 것일 테니까. 짜증이 이는 것을 차분히 조절하는 자하르였다.

자하르는 이를 꽉 깨물며 말했다.

"설마하니 너처럼 입으로 콰쾅, 하고 효과음을 내라고 조언을 해주려는 건 아니겠지?"

"응? 내가 언제 그랬냥?"

로라스가 정말 모르겠다는 듯 고개를 갸웃거렸다.

그러다가 손을 휘저으며 말했다.

"자, 지적은 이만 됐고. 이제 내 검술을 보여주망. 눈 똑바로 뜨고 잘 봐랑."

안 그래도 그럴 생각이었다.

로라스가 검을 펼쳤다.

"하압! 쐐액! 콰쾅! 쉬익!"

역시나 입으로 펼치는 여러 가지 효과음이 잇따랐다.

보면 볼수록 이상한 놈이다. 방금 전에 그런 적 없다고 해놓고, 바로 입으로 효과음을 낸다.

로라스의 검술은 조잡하다 못해 형편없었다.

일정한 틀이 보이지 않았다면 아마 검술이라고 생각하지도 않았을 것이다. 그냥 허공에 삿대질하는 거라고 생각했겠지.

검을 다 휘두른 로라스가 말했다.

"잘 봤냥? 이게 진짜 검술이당."

어딘가 많이 들어본 것 같은 대사를 날리며 로라스가 흡족한 표정을 지었다.

"배울 게 없는데?"

"그건 네 안목이 부족하기 때문이당."

로라스가 다시 검을 들었다.

그리고는 방금 전, 자신이 휘둘렀던 대로 검을 천천히 휘두르기 시작했다.

그래, 그냥 휘두른다.

"자, 이렇게, 이렇게 하는 거당. 참 쉽지 않냥?"

"…쉽긴 하네."

그냥 휘두르는데 뭐가 어려울 게 있을까.

하지만 정작 로라스는 그 대답이 마음에 들었는지, 고개를 크게 끄덕였다.

"내 검에는 로크의 중후함과 카르안의 환검, 에드안의 현란함과 바알의 쾌검이 있당. 이걸 뭐라고 해야 할깡…… 그래, 그냥 로라스 검술이라고 하면 되겠당."

로크, 카르안, 에드안, 바알.

모두가 한 시대를 풍미한 검술의 달인들이었다.

그중 에드안은 자하르의 전생보다 더 이전의 인물이었고, 다른 두 인물은 후대의 인물들이었다.

다른 세 명이야 얼굴도 모르는 사이니 뭐라 할 말은 없다.

쥐뿔도 없지만 이미 죽은 사람 검술 욕되게 한다고 자하르가 네 이놈 하면서 검을 뽑을 것도 아니었다.

그런데 뭐?

카르안의 환검?

'이놈의 씨부랄 새끼가?

자신의 주 검술이 언제 환검이었단 말인가. 아이작과 싸울 당시에는 환검과 쾌검, 중검 등과 같은 검의 구분을 잊어버린 자하르였다.

지금에야 그란데 백작가라는 이름도 있고, 몸도 완전하지 않으니 환검을 주로 삼고 있지만 말이다.

자하르가 눈을 벌겋게 뜨고 자신을 노려보다 로라스가 의아하다는 표정으로 물었다.

"웅? 왜 그러냥?"

"아무것도 아니야. 계속해."

"그러냥? 아무튼 내가 하는 대로 잘 따라오기만 하면 너도 금방 강해질 수 있당. 요령만 알면 마스터를 이기는 것도 금방이당."

요령만 알면 마스터도 이길 수 있다!

‘지랄하고 자빠졌네.’

개소리도 이쯤 되면 풍년이다.

자하르는 고개를 설레 저으며 원래 목적대로 로라스의 검술을 지적하고자 했다.

그런데…….

‘뭘 지적해야 하지?’

순간 머릿속이 복잡해졌다.

너무 막연하고 범위가 광범위했다.

처음부터 끝까지.

로라스의 검술에서 지적해야 하는 부분이었다.

‘그렇다고 저 녀석에게 네 검술은 처음부터 끝까지 형편없어라고 하면…….’

들려올 대답은 뻔하다.

—네 안목이 낮아서 그렇당.

그 생각을 하던 자하르가 오만상을 찌푸렸다.

‘차근차근, 처음부터 잘못된 걸 짚어?’

그런 생각이 들자 들려올 대답이 덩달아 떠올랐다.

—그게 아니당. 그건 $%#$·%·$

뒤는 모르겠고 ‘그게 아니당’ 하는 로라스의 목소리만 머릿속에 들려왔다.

"에이 씨."

거기에다가 지금 자신의 상태로는 정말로 소리를 내며 폭발력을 일으키는 폭검을 보여줄 수도 없는 노릇이었다.

짜증이 난 자하르가 결국 몸을 돌렸다.

자하르의 몸에서 흘러나온 살기가 무서웠는지 다행히 로라스는 따라오지 않았다.

CHAPTER 06
반년 후

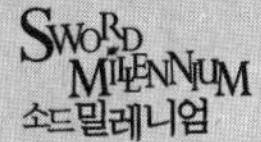

자하르가 루센과 싸운 뒤로 반년이라는 시간이 지났다.

자하르의 나이가 열여덟이 되었다. 날씨가 쌀쌀해지며 눈이 내리는 계절이 찾아왔다.

루센은 석 달 전쯤에 류지 후작령으로 돌아갔다. 몇 번 더 자하르와 대련을 해보았지만, 끝끝내 이기지 못했다.

그런데 백작은 집무실로 총관을 불렀다. 반년 전, 흑마법사가 등장한 이후 집무실에 있는 시간이 부쩍 는 그런데 백작이었다.

"어떻게 됐나?"

그런데 백작의 물음에 총관 하마르가 고개를 저었다.

"우려했던 대로입니다. 흑마법사들이 다시 준동을 시작했습니다."

"동향은?"

"류지 후작가에서 역시 흑마법사가 숨어 있었다고 합니다. 작정하고 흑마법사를 색출하고자 나섰기에 망정이지, 그렇지 않았다면 끝까지 모르고 있었을 가능성이 큽니다."

"역시 우리 가문만이 아니었군."

그런데 백작의 얼굴이 딱딱하게 굳었다.

"그렇다면 역시……."

"예, 에드월 후작과 테오르 대공 사이의 마찰 역시 그들의 농간일 가능성이 짙다고 합니다. 아무리 마찰이 있었다고 해도, 협력 관계였던 두 가문이 전쟁까지 갈 이유가 없으니까요. 더군다나 전쟁에서 패한 에드월 후작의 피해가 아무리 크다지만 프랑크 왕국이 에드월 후작가를 버린 것은… 아무리 생각해도 이상합니다."

그런데 백작 역시 석연찮은 구석이 한두 군데가 아니었다.

지난 반년 사이에 에드월 후작가와 테오르 대공 사이의 마찰이 심해졌다. 결국에는 전쟁으로까지 번졌고, 에드월 후작이 죽고 에드월 후작가가 망했다.

프랑크 왕국이 에드월 후작가를 버린 것이다.

이웃 왕국이긴 하지만 에드월 후작가와 테오르 대공가, 그란데 백작가와 류지 후작가 등, 대륙에서 이름난 검의 명가는 어느 정도 협력 관계와 동맹을 맺고 있었다.

대회를 개최하는 가문 역시 그 협력 관계의 가문들이었다.

한데 아주 사소한 일로 에드윌 후작과 테오르 대공 사이에 마찰이 생겼다. 그 일이 점점 커지더니 지금은 돌이킬 수 없는 일이 되어버렸다.

"녀석들은 프랑크 왕국에서 일을 꾸미는 건가?"

"테오르 대공 쪽도 주시해야 합니다. 아니, 제국 내에서도 녀석들의 뿌리를 감시해야겠죠."

그란데 백작의 눈매가 사납게 휘어졌다.

"도대체 무얼 꾸미고 있는 것이지?"

"당연하지만 좋은 일은 아닐 거라 생각됩니다."

그란데 백작은 이마를 탁 짚었다.

"이런 때에 꼭 대회를 열어야 하는 건가……."

사실상 검술 대회는 협력 관계에 있는 가문들과의 공동 작품이었다.

에드윌 후작가가 망하고, 테오르 대공가가 전쟁으로 휘청거리는 지금 검술 대회를 연다는 것은 아무래도 무리가 있어 보였다.

"이런 때일수록 반드시 검술 대회는 성공적으로 열려야 합니다."

"응?"

하마르의 말에 그란데 백작이 상념을 한쪽으로 치워냈다.

무슨 소리냐는 듯 고개를 갸웃거리는 그란데 백작의 표정에 하마르가 설명을 덧대었다.

"흑마법사들의 움직임을 생각해 볼 때, 이번 대회에 그들이 나타날 가능성이 큽니다.”

하마르의 말에 그란데 백작의 표정이 서늘해졌다.

단 한마디였지만 그 말에 그란데 백작에게서 살기가 피어올랐다. 그 모습을 바로 앞에서 마주하는 하마르는 바짝 긴장한 표정으로 침을 삼켰다.

하마르는 그란데 백작이 얼마나 외골수 검술광인지 잘 알고 있었다.

또한 가문의 명예를 얼마나 중요하게 생각하는지 또한 잘 알고 있었다.

그란데 백작가에서 개최하는 대회다. 그런 대회를 망치겠다는 녀석들을 내버려 둘 그란데 백작이 아니었다.

“그 녀석들이 이번 대회에 나타난다고?”

그란데 백작의 입가가 벌어졌다.

분노와 기쁨이 섞인 묘한 미소였다.

“다행이군, 다행이야.”

흑마법사들이 나타나면 직접 두 손으로 베어버릴 작정을 하고 있던 그란데 백작이었다. 이번 대회에 그들이 나타날 확률이 높다는 이야기에 기쁜 마음을 주최할 수 없었다.

“자하르에게는 물어봤는가?”

“아직입니다. 직접 물어보시는 게 어떨까요?”

“그런가.”

그란데 백작은 이번 대회에 자하르 역시 내보낼 생각이었다.

그것은 오웬 백작 역시 마찬가지였다. 두 아들의 싸움을 거대한 무대에서 보는 것만큼 즐거운 일 또한 없을 것이다.

'이번 대회에서 녀석이 그간 얼마나 성장했는지 확실히 볼 수 있겠군.'

잠시 흑마법사에 대한 이야기로 차가워졌던 그란데 백작의 눈이 뜨겁게 달궈졌다.

*　　*　　*

평소처럼 연무장에서 검을 휘두르고 있던 자하르를 그란데 백작이 불렀다.

"무슨 일입니까?"

몸을 씻고 온 자하르가 그란데 백작의 집무실을 찾았다.

그란데 백작은 미리 자하르를 기다리고 있었던 듯, 두 잔의 차를 시켜놓고 있었다.

"거기 앉아라."

그란데 백작이 찻잔을 올려놓은 자리를 가리켰다.

자하르가 자리에 앉으며 찻잔을 들었다.

자하르가 들을 준비가 되자 그란데 백작이 이야기를 시작했다.

"요새 어떻더냐?"

"일상 안부나 묻자고 부른 거라면 그냥 평소랑 똑같죠, 뭐."

자하르가 어깨를 으쓱이며 차를 한 모금 마셨다.

그란데 백작은 그 모습을 빤히 바라봤다.

'정말 달라졌어.'

일 년 전만 해도 이런 모습이 아니었다.

자신의 앞에서는 항상 움츠러들었고, 검술은 싫어하다 못해 기겁을 할 정도였다.

그러던 녀석이, 지금은 자신의 앞에서도 이렇듯 여유로웠다. 게다가 검술에 있어서도 천재 이상의 면모를 보이고 있다.

세상은 오래 살고 볼 일이라는 생각이 들었다.

"이제 검에는 좀 자신이 있느냐?"

그란데 백작이 은근한 어조로 물었다.

자하르는 망설일 것도 없이 고개를 저었다.

"아직 멀었죠."

"음?"

그란데 백작이 의외라는 듯 고개를 갸웃거렸다.

자하르 정도의 실력이라면 충분히 자신감을 가질 만한데, 의외로 겸손을 떨고 있었다.

저 나이 대에 저 정도 실력이라면 자신감을 넘어 자만을 가진다고 해도 이상할 것이 없는데 말이다.

물론 그것은 그란데 백작의 관점에서 봤을 때였다.

'아직 멀었어, 아직.'

반년 사이에 실력이 많이 늘긴 했다.

하지만 그것은 마나가 늘고 육체가 단련된 것뿐이다. 환생 전과 비교하면 정말이니 형편없는 실력이다. 그러니 만족할

리가 있나.

"그나저나 본론이 뭐예요? 이런 담소나 나누자고 부르신 것 같지는 않고."

"아, 그게……. 사실, 네가 검술 대회에 나가볼 생각이 있나 해서 말이다."

그란데 백작이 머쓱한 표정으로 물었다.

자하르가 흥미를 보였다.

"검술 대회?"

"대륙 단위로 열리는 대회다. 대륙에서 이름난 검의 명가에서 여는 대회인데, 이번에는 그란데 백작가에서 개최하기로 되었다."

자하르의 입가가 벌어졌다.

"그런 거라면 나가야죠."

예전 같으면 검술 대회에 전혀 흥미를 보이지 않았을 것이다.

전생에서도 검술 대회는 많았다. 지금처럼 대륙에 내노라하는 검사들이 여럿 출전하는 큰 대회도 있었다.

하지만 어느 순간 그런 대회들도 흥미가 사라졌다. 수준에 맞는 검사들을 찾기 힘든 이유에서였다.

반면 지금은 자신이 상대적으로 약해진 만큼, 실력이 엇비슷한 이들도 분명 있을 것이다.

거기다 현 시대의 검사들의 수준 역시 한번쯤 봐보고 싶었다.

자하르가 승낙할 줄 알았는지, 그런데 백작이 고개를 끄덕였다.

"알았다. 그럼 서류를 신청해 놓도록 하마."

"시작이 언제죠?"

"석 달 후다. 신청은 내가 해놓도록 하마."

자하르가 고개를 끄덕이며 차를 단숨에 들이켰다.

자리에서 일어나며 자하르가 가지고 온 검을 챙겼다.

"기다리고 있겠습니다."

"그래, 열심히 하거라."

나가기 전, 자하르가 한마디했다.

"그 대회, 제가 우승해도 되겠죠?"

그런데 백작이 씩 웃었다.

"물론이지."

*   *   *

그런데 백작가에서 주최하는 대회는 전 대륙에 잘 알려져 있는 최고의 이벤트였다.

대륙을 대표하는 일곱 개의 검의 명가가 있는데, 그 가문은 서로 돌아가며 대회를 개최했다.

검술 대회가 열리는 시기에는 남녀노소 할 것 없이 검술을 구경하기 위해 대륙 각지에서 사람들이 몰려들었다.

왕족부터 시작해서 귀족들과 경제적으로 여유가 있는 일반

평민들까지.

그렇게 모인 인파는 매 대회마다 십만이 넘었다.

그들에게 입장권을 받고 파는 것만 해도 검가에서는 큰 사업이었다.

입장권의 가격은 1골드로, 4인 기준 평민 가족이 한 달을 빠듯하게 먹고 살 수 있는 큰돈이었다.

하지만 그조차 금방 팔리는 것이 이 대회였다. 그마저도 부족해 좋은 자리의 입장권은 2골드, 3골드씩 밀매가 이루어지기도 했다.

또한, 대회가 치러질 때마다 펼쳐지는 도박 역시 그 수입의 한 부분이었다.

대회의 시작이 열흘 후로 다가왔다.

그쯤되자 그란데 백작령은 많은 인파로 북적이기 시작했다.

대륙 각지에서 수십만의 사람이 몰려들었다. 대회에 참가하는 사람들 역시 하나둘 그란데 백작가로 찾아왔다.

그중에는 얼마 전에 류지 후작가로 떠났던 루센과 로라스도 있었다.

"왔냐?"

연무장에서 검을 휘두르고 있던 자하르가 다가오는 루센을 보고는 인사했다.

그러더니 흠칫 몸을 떨더니 주위를 살폈다.

그 모습을 본 루센이 피식 웃음을 지었다.

"걱정 마라. 형님은 그란데 백작님을 만나러 갔다."

“그, 그래?”

자하르가 속으로 안도의 한숨을 내쉬었다.

'내가 왜 그 녀석을 무서워해야 하는 거냐고.'

이렇게 생각해 보니 로라스라는 녀석이 참 대단하게 느껴졌다.

자하르는 힐끔 루셴을 살폈다.

예전보다 훨씬 날카로워진 기도가 느껴졌다. 검술을 좀 더 연마하며 한층 성장한 듯했다.

확실히 루셴은 재능이 있었다.

수재를 넘어, 천재라고 불리어도 전혀 손색이 없을 정도였다. 아니, 천재 중에서도 따라갈 이가 없을 정도였다.

'한 세대에 한 명 태어나는 천재.'

이것이 자하르가 본 루셴의 평가였다.

“뭘 그렇게 뚫어져라 봐?”

루셴이 기분 나쁘다는 듯 물었다.

“아니, 아무것도.”

“그래?”

루셴이 자하르를 물끄러미 보더니 검을 빼 들었다.

“오랜만에 다시 붙지.”

검을 빼 들자 기도가 더욱 날카로워졌다.

다가가기만 해도 베일 것만 같았다. 쾌검이 상당한 경지에 이르렀다.

'갈무리는 하지 못하는 건가?'

가만히 있어도 날카로운 기도가 느껴지는 것을 보면 아무래도 그런 듯했다.

더 높은 경지에 오르면 본연의 날카로운 기도를 갈무리하고 보통 사람과 다를 바 없는 느낌이 들 텐데 말이다.

'그 정도라면……'

분명 강해지긴 했지만 여전히 자신이 더 강하다.

경지의 단계로만 보면 검술로 충분히 뒤집을 수 있겠지만 검술로만 논한다면 자하르는 대륙 제일을 넘어 과거 전체를 통틀어도 대적할 자가 없었다.

붙어볼 필요도 없다.

"나중에."

아직까지 루센이라는 가능성 많은 인물에게 흥미는 가지만 뻔한 대련은 사양이었다.

자하르가 되려 휘두르던 검을 집어넣었다.

루센이 이마를 찡그렸다.

하지만 잠시 생각하더니 고개를 끄덕였다.

"좋다. 복수전은 그때 가서 확실히 하지."

자하르가 옛 추억을 떠올렸다.

지금까지 자신에게 복수전이라는 이름으로 대련을 신청한 사람이 과연 몇 명이나 될까?

아마 헤아릴 수 없을 것이다. 자하르의 입장에서는 루센의 도전 역시 그 많고 많은 도전 중 하나일 뿐이었다.

"복수전이라……. 뭐, 마음대로."

그것을 알 리 없는 루센은 한시 빨리 대회가 시작되길 기대
했다.

*   *   *

대회 날이 밝았다.

대회가 열리는 장소는 거대한 원형의 경기장이었다.

거의 성과 같은 규모의 경기장은 십만 명의 관중을 수용할
수 있을 정도로 거대했다.

"와아아—!"

"빨리 시작해라!"

빼곡하게 몰려 있는 관중들이 경기 시작도 전부터 벌써 함
성을 내질렀다.

그만큼 관중들의 기대는 컸다. 돈 많은 갑부 중에서는 5년
마다 한 번씩 열리는 이 대회만 기다리는 이들도 있을 정도였
다.

원형의 거대한 경기장의 가장 위에는, 이 경기의 주최자이
기도 한 그란데 백작이 있었다.

관람석과 따로 분리된 작은 공간에는 그란데 백작과 함께
오웬 백작이 있었다.

그란데 백작은 경기장을 힐끔 보더니 오웬 백작에게 물었
다.

"누가 이길 것 같나?"

자하르와 루센을 묻는 것이었다.

꽤나 길고 길게 이어져 온 이야기였다. 자하르가 이길 것인 가, 루센이 이길 것인가 하는.

오웬 백작이 콧방귀를 뀌었다.

"내 아들이 이겨."

"망상이로군."

피식 웃어 보인 그란데 백작이 대회장을 유심히 지켜보았 다.

"이번 대회, 어떻게 될 것 같나?"

"흐음……. 글쎄……."

"흑마법사 녀석들이 이번 대회에 나타날 것 같은가?"

그란데 백작의 눈에서 스산한 살기가 뿜어져 나왔다.

오웬 백작은 자신에게로 흘러오는 살기를 흩어버리며 말했 다.

"진정해, 기분 나쁘게 이 좁은 곳에서 살기는."

"허허, 미안하군. 나도 모르게……."

그란데 백작이 머리를 긁적였다.

흑마법사와 관련된 이야기만 나오면 요새 신경이 예민해지 는 그였다. 자신도 모르게 흘러나온 살기가 꽤나 강했던 모양 이었다.

"나타나면 족치면 되는 것이고, 안 나타나면 그것도 괜찮지. 어느 쪽이든 나쁘지 않아."

"그도 그렇군."

확실히 어느 쪽이든 나쁘지 않았다.

나타나면 잡아서 정보를 캐면 되는 것이고, 나타나지 않으면 대회가 성공적으로 끝나는 것이니 그것도 좋았다.

결국엔 자신들은 이곳에서 대기하다가 수상한 녀석을 잡아들이면 되는 것이다.

'류지 후작님도 계시니… 만약에 있을 일도 없겠지.'

무엇보다 대륙 제일검이라는 류지 후작이 와 있었다.

류지 후작의 강함은 그란데 백작과 오웬 백작이 가장 잘 알았다.

류지 후작은 두 사람이 합공해도 이길 수 없을 정도로 강했다.

이미 마스터라고 보기에는 무리가 있는 류지 후작이었다. 세간에는 마스터보다 더욱 위의 단계, 카르안이 도달했던 경지를 류지 후작 역시 도달했을 것이라는 추측까지 돌 정도였다.

하지만…….

'왜일까…….'

그란데 백작은 미간을 찌푸리며 고개를 갸웃거렸다.

'자꾸 불길한 예감이 드는 것이…….'

*　　*　　*

지이잉—!

대회의 시작을 알리는 종소리가 울렸다.

직후, 관중 속에서 커다란 함성이 터져 나왔다.

"와아아아!"

커다란 홀의 양 끝에서 두 명의 사내가 경기장 위로 올라왔다.

한 명은 체인 메일을 챙겨 입은 가벼운 기사 복장의 남자였고, 한 명은 가죽 갑옷을 챙겨 입은 용병식 복장의 남자였다.

그중 관중 사이에서 아는 얼굴은 한 명이었다.

"와아아!"

"프리오! 힘내라!"

관중 사이에서 응원 소리와 함께 환호의 소리가 섞여 나왔다.

가죽 갑옷을 입은 남자의 이름은 프리오였다.

특급 용병 프리오는 용병들 사이에서 상당히 유명한 인사였다. 몬스터 토벌 당시, 다수의 기사로도 잡기 힘들다는 오우거를 혼자 때려잡고 용병들 중에서도 그 수가 극히 적다는 특급 용병의 호칭을 받은 것이다.

반면 체인 메일을 챙겨 입은 남자는 아는 사람이 별로 없었다.

남자의 정체에 대한 추측이 관중 사이에서 퍼졌다.

중년의 나이로 보이는 프리오와는 달리 남자의 얼굴은 비교적 앳되어 보였다.

막 청년이 된 듯한 얼굴은 그리 강해보이지 않았다.

남자의 정체는 루센이었다.

루센은 자신이 주로 즐겨 입는 체인 메일을 입고 대회에 임했다. 루센의 얼굴에는 시작도 전부터 묘한 기대감이 어려 있었다.

단상 위로 한 명의 기사가 올라왔다.

화려한 플레이트 아머를 걸친 기사는 그란데 백작가 제1기사단의 단장 라울이었다.

그란데 백작가에서 가장 그란데 백작 다음으로 강한 기사가 바로 라울이었다. 심판의 역할과 동시에 혹시 모를 불상사를 방지하고자 나온 것이다.

라울은 루센과 프리오가 마주 서자 말했다.

"준비됐나?"

루센과 프리오가 동시에 고개를 끄덕였다.

라울이 뒤로 물러서며 말했다.

"시작!"

파악—

쐐액—!

시작과 동시에 프리오의 몸이 빠르게 튀어나갔다.

동시에 프리오의 검이 루센의 몸을 향해 빠르게 찔러 들어갔다.

기습이나 다를 바 없는 공격이었다. 직감적으로 프리오는 루센의 날카로운 기도를 통해 쉽지 않은 상대라 판단한 것이다.

카앙—!

루센의 검이 프리오의 검을 아래에서 위로 쳐냈다.

날아간 검이 허공으로 붕 떴다.

프리오의 눈이 놀람으로 동그랗게 떠졌다.

“이걸 이렇게 쉽게 쳐내?”

생각보다 실력이 더 뛰어났다. 작정하고 기습을 들어간 것인데 너무 쉽게 쳐냈다.

프리오는 바짝 긴장한 채로 루센의 공격을 기다렸다.

집중한 채로 공격을 기다렸지만, 루센의 검은 보이지 않았다.

프리오가 표정이 당혹감으로 물들었다. 상대의 검을 놓친 순간 언제 어디서 검이 날아들지 모르는 일이었다.

서억—

프리오는 부드럽게 들리는 익숙한 소리에 소리가 들린 쪽으로 시선을 돌렸다.

이내 프리오의 표정이 어리둥절해졌다.

피가 난다.

자신의 허벅지에서…….

양팔에서…….

허리에서도, 가슴 쪽에서도.

얇게 베인 상처에서 조금씩 피가 흐르고 있었다.

그것을 자각했을 때 프리오는 온몸에서 느껴지는 쓰라린 통증을 느꼈다.

“크아악!”

프리오가 비명을 질렀다.

온몸에 자잘한 검상이 새겨졌다. 그 아픔은 오랜 용병 생활을 해온 프리오도 견디기 힘들었다.

루센은 어느 새 검을 집어넣은 상태였다.

라울이 경기장 위로 올라왔다.

“승리!”

라울이 루센의 손을 잡아 위로 번쩍 올렸다.

*   *   *

와아아아—!

관중 사이에서 길고 긴 함성이 쏟아졌다.

그 함성들은 모두 루센을 향한 것이었다.

어린 나이에 프리오를 그렇게까지 쉽게 이길 줄이야 누가 알았겠는가. 의외의 결과와 루센의 뛰어난 검술에 구경하던 관중들이 잔뜩 달아올랐다.

경기장의 가장자리에서 자신의 차례를 대기하고 있던 자하르 역시 루센의 경기를 지켜보았다.

생각보다 수준이 높았다.

‘온몸을 난도질하는 것 같으면서도 짧게 벴어. 거기다 상대가 검을 휘두르는 것조차 눈치채지 못할 정도로 빠르게, 동시에 사각을 노린다라……’

자하르의 입가에 미소가 번졌다.

'생각보다 훨씬 대단한데?'

고작 석 달 사이에 검술의 영역이 훨씬 깊어졌다. 류지 후작가의 검술이 뛰어나긴 하지만 지금의 실력은 어디까지나 루센의 재능과 노력에서 기인한 것이다.

그야말로 백 년에 한 번 있을까 말까 한 천재였다. 물론 아이작이나 자신에 비해서는 비교적 떨어지겠지만 말이다.

다음 경기의 선수들이 경기장 위로 올라가고, 경기를 끝낸 루센은 자하르가 있는 쪽으로 다가왔다.

다음 선수들의 수준을 대략적으로 살핀 자하르가 루센에게로 시선을 돌렸다.

"경기 잘 봤다."

다음 경기의 수준은 거기서 거기였다.

봐둘 필요도 없었다. 지루한 장기전으로 가지나 않으면 다행이었다.

루센은 자하르의 옆에 털썩 앉으며 말했다.

"어땠지?"

자신의 검술을 묻는 것이었다.

자하르가 잠시 생각하다 대답했다.

"쓸 만했어."

"그게 끝?"

"그럼 뭘 더 바래?"

자하르가 씩 웃었다.

루센도 마주 웃었다.

"네 경기는 어떤가 보자."

자하르는 그 말에 고개를 한 번 끄덕이고는 다시 경기장 위로 시선을 돌렸다.

아니나 다를까, 경기장 위쪽에서는 방금 전에 올라간 두 명의 선수가 지루한 장기전을 끌어가고 있었다.

그 모습을 보며 자하르는 생각했다.

'가죽 갑옷을 입은 용병 녀석이 이기겠군.'

이젠 누군가 가만히 서 있기만 해도 그 사람의 실력을 알 수 있었다.

실력이 거의 비슷하다면 싸우는 것을 보면 알 수 있었다.

자하르의 입가에 진한 미소가 번졌다.

'슬슬 예전의 감이 돌아오는 것 같은데?'

*　　　*　　　*

자하르의 순서는 경기의 중반쯤이었다.

한참을 기다리던 자하르는 라울의 입에서 자신의 이름이 호명되자 경기장 위로 올라갔다.

자하르는 루센과 마찬가지로 체인 메일을 입고 있었다. 본래는 아무런 갑옷도 입지 않은 평범한 무복 상태를 즐겼지만, 경기의 규칙상 공식적인 종류의 갑옷을 걸쳐야 했다.

경기장 위로 올라간 자하르는 자신과 마주보고 서 있는 상대를 살폈다.

상대는 철비늘로 덧대어진 스케일 아머를 입고 있었다. 잔뜩 무게를 잡은 표정과 고급스러운 손잡이로 치장된 검으로 보아, 이름있는 기사인 듯했다.

기사는 자하르를 힐끗 보더니 웃었다.

"어린 꼬맹이가 용케 선발되었군."

자하르의 미간에 깊은 골이 파였다.

환생 이후 그가 가장 싫어하는 말이 바로 '꼬맹이'였다.

전생의 카르안은 나이가 오십에 이른 검사였다. 십 년 정도만 더 있었더라면 노기사 소리까지 들을 법한 나이였던 것이다.

18세의 나이. 마냥 어리다고만 볼 수는 없지만 오십 줄 나이를 가진 카르안의 사고방식을 가진 자하르에게는 충분히 어린 꼬맹이였던 것이다.

"한 번만 더 그 입에서 꼬맹이라는 말 나오면 죽여 버린다?"

살벌한 표정과 말, 언뜻 가벼운 어투였지만, 그 속에서 느껴지는 살기와 압박은 작지 않았다.

자하르에게서 느껴지는 압박감에 기사가 흠칫했다.

"평범한 꼬맹이는 아니었군."

기사 입장에서는 나름 칭찬이라고 한 말인데, 결정적으로 꼬맹이라는 말이 들어갔다.

자하르의 이마가 더 좁혀졌다.

"너, 배에 구멍 몇 개 뚫릴 각오해라."

라울이 자하르와 기사의 중간에 섰다.

"준비는?"

간결한 물음에 자하르와 기사의 고개가 동시에 아래로 내려 갔다.

라울이 뒤로 물러나며 말했다.

"시작!"

자하르는 움직이지 않았다.

기사는 비릿하게 웃으며 자하르를 향해 한 발 앞으로 다가 갔다.

"먼저 안 올 건가?"

기사의 도발에 자하르가 검을 든 반대편 손을 까닥였다.

"덤벼."

자하르의 입매가 쭉 벌어졌다.

"죽여줄게."

먼저 도발을 하던 기사가 오싹한 느낌에 몸을 떨었다.

갑옷을 입은 등 쪽이 축축해졌다. 기사는 나이도 어려 보이 는 자하르에게 자신이 겁을 먹었다는 생각에 자존심이 상했 다.

기사가 이를 악물며 크게 지면을 박찼다.

"네 이놈!"

"그렇지……."

쏴아아—

자하르의 검이 수십 갈래로 나뉘었다.

수십 갈래의 검의 환영이 모여, 검의 해일을 이루었다.

달려오던 기사의 발걸음이 우뚝 멈췄다. 겁에 질린 듯, 기사의 윗니와 아랫니가 부딪히며 달달 떨렸다.

자하르가 바로 자신의 앞에서 발을 멈추고 서 있는 기사를 향해 말했다.

"어서 와라."

"으으……."

쏴아아─

수십 갈래의 검의 환영으로 만들어진 해일이 기사의 몸 위로 덮쳤다.

"으아아─!"

콰콰콰─!

촤촤촤촤악─!

기사가 바닥에 쓰러지며 엉덩방아를 찧었다.

수십 갈래의 검의 환영들이 안개처럼 사라졌다.

카앙─!

마지막으로 남은 자하르의 검이 라울의 검에 의해 중간에 막혔다.

자하르가 인상을 찡그렸다.

"이게 무슨 짓이지?"

"그러는 도련님이야말로 무슨 짓입니까?"

라울은 자하르의 검을 슥 밀었다.

자하르가 저항하지 않고 검을 회수했다. 검을 검집에 집어

넣는 자하르를 보며 라울이 말했다.

"상대를 죽일 생각이셨습니까?"

"아니, 배에 구멍 몇 개 뚫어 놓으려고."

"그러다 죽습니다."

"안 죽게 잘하면 되지."

자하르는 정말 자신이 있었다.

배에 구멍 몇 개 난다고 해서 안 죽는다. 딱 죽지 않을 정도까지만 할 생각이었다.

하지만 라울의 생각은 달랐다.

라울 본인이 나서서 막지 않았다면 아마 자하르의 상대인 기사는 검의 해일에 난도질되어 죽었을지도 몰랐다.

라울은 단호한 어조로 말했다.

"잘못되었습니다. 사람을 죽이는 경기가 아닙니다."

자하르는 몸을 돌리다 말고 라울의 시선을 정면으로 응시했다.

"안 죽는다니까? 그리고 난 어지간하면 내 입 밖으로 내뱉은 말은 지켜."

분명, 한 번만 더 꼬맹이라 말하면 죽여 버린다고 하긴 했다.

하지만 그런 건 보통 경기 전에 으레 적으로 싸우는 기 싸움에 불과했다. 실제로 그 말을 곧이곧대로 듣는 사람도 없었고, 실제로 죽이려고 하는 사람도 없었다.

하지만 자하르는 그 말을 지키겠다는 듯 정말로 살수를 펼쳤다.

정말로 죽이려는 것은 아니지만, 그에 준할 정도의 부상을 입힐 생각으로.

자하르의 시선이 라울의 뒤쪽에서 보호받고 있는 기사에게로 향했다.

"그런 점에서 넌 참 운이 좋아."

라울이 막아주지 않았다면 지금쯤 치료를 받기 위해 실려 갔을 것이다. 어쩌면 병신이 되어 기사 생활이 끝날 수도 있었다.

자하르는 몸을 돌려 경기장 아래로 내려갔다.

'꽤 하는군.'

자하르는 고개를 돌려 힐끗 라울을 바라봤다.

방금 전 자신의 검을 흩어버린 수.

보통 실력이 아니었다. 그런데 백작가의 제일 기사라더니, 그 말이 허언이 아닌 듯했다.

강하다는 이야기는 들었지만 연무장에는 통 모습을 보이지 않아 실력을 볼 기회가 없었다.

그런데 뜻밖에 이런 자리에서 실력을 보게 되었다.

'이길 수 있을까?'

자하르는 머릿속으로 라울의 실력과 자신의 실력을 대조해서 비교해 보았다.

한 순간에 무수히 많은 장면들이 스치고 지나갔다.

결과가 금방 나왔다.

‘아직은 못 이겨.’

라울의 실력은 그란데 백작과 큰 차이가 나지 않았다.

경지 자체로만 보면 엑시드의 경지를 넘어 까마득할 정도였다.

아무리 검술이 뛰어나다고 해도 이길 수 없을 정도로 차이가 난다. 압도적인 힘과 스피드, 그리고 마나의 양으로 결국엔 눌러버린다.

‘그래도… 머지않았어.’

‘아직’ 못 이길 뿐이다.

*　　　*　　　*

대회는 순조롭게 진행되었다.

큰 부상을 입은 사람도 없었고, 이변도 없었다.

이름 좀 있다 싶은 검사들의 대회인 만큼 분명 수준이 높았다. 매 경기마다 도박판이 벌어졌고, 그 도박의 일정 수수료가 그란데 백작가의 수입으로 들어갔다.

내기 도박은 사실상 대회의 가장 큰 수입원이었다. 이 자리에 모인 거의 모든 관중들이 내기 도박에 돈을 건다고 볼 수 있을 정도로 활발하게 진행되었다.

더불어 많은 귀족 가문의 명예가 걸린 대회이기도 했다.

대회에는 실력있는 방랑 기사나 용병들도 참여하지만, 대부분이 귀족가의 기사들이었다. 가문의 이름을 걸고 싸우는 만큼 가문의 이름을 떨칠 기회가 되는 대회이기도 했다.

예선전은 총 사흘에 걸쳐서 진행된다.

순식간에 끝나는 경기가 있는가 하면, 한 시간이 넘게 진행되는 경기도 있었다.

자하르는 선수 관람석에 앉아 경기를 지켜보았다.

그 옆에는 루센이 있었다. 자하르는 단순한 호기심 때문에 경기를 보는 것이고, 루센은 안목을 키우기 위한 경험 때문에 보는 것이다.

'수준은 고만고만하군.'

대회에 나오는 선수들은 대부분 이름있는 용병이나 기사들이었다. 그렇기에 다들 화려한 검술을 구사하고, 마나도 다룰 줄 알았다.

가끔이지만 엑시드의 경지에 오른 검사들도 보였다. 물론 자하르가 중점으로 본 것은 경지가 아닌, 검술이었다.

'분명 천 년 전 검술과 조금 다르긴 하지만……'

"하— 암."

자하르가 길게 하품했다.

'수준은 별 차이 없군. 아니, 더 떨어졌나? 별로 신기한 것도 없고 말이지.'

환생 이후 자하르는 수준 높은 검사들만 봐왔다.

아버지인 그란데 백작을 비롯해서 친구인 오웬 백작, 기사단장인 라울과 아직 어린 나이이지만 뛰어난 실력을 가진 루센까지.

게다가 그란데 백작가의 기사들은 그 실력이 대부분 뛰어났다. 자하르의 기대치가 높은 것도 무리가 아니었다.

'실망이군. 이게 대륙에서 이름 좀 있다 싶은 기사들의 실력인가?'

경지 자체는 엑시드를 뛰어넘은 이들도 몇몇 있었지만, 그 정도는 검술로 격차를 따라잡을 자신이 있었다.

가끔 어느 영지의 기사단장이라느니 하는 이들도 나왔지만 자하르의 눈에는 차지 않았다.

"눈만 버렸군."

자하르가 실망감으로 살짝 표정을 찡그렸다.

그때 다음 경기가 시작되었다.

"와아아아아—!"

"테오도르다!"

관중석에서 열렬한 환호성이 터져 나왔다. 갑작스레 시끄럽게 터져 나온 함성에 자하르가 깜짝 놀랄 정도였다.

"야, 테오도르가 누군데 그래?"

자하르가 시끄럽다는 듯이 귀를 후비며 바로 옆에서 경기를 관람하고 있는 루센에게 물었다.

루센의 시선이 경기장으로 향하며 관중들의 함성을 한 몸에 받는 테오도르라는 기사에게로 향했다.

"저번 대회의 준우승자. 휴리엔 공작가의 제3기사단장이기도 하지."

"휴리엔 공작가면… 아, 검가?"

검가란 그란데 백작가와 류지 후작가를 비롯해 대회를 개최하는 일곱 가문을 지칭하는 단어였다.

대륙의 검술을 대표하는 가문으로, 그 위상은 국가 내에서 무척 높은 위치를 가지고 있었다.

"검가의 제3기사단장이라… 저 녀석 세냐?"

"제3기사단장이라고는 하지만 실력이 그리 떨어지는 녀석은 아니야. 대부분 검가의 기사단장이 이런 대회를 꺼려하는 데 비해, 저 녀석은 매번 출전하더군."

"너랑 비교하면 어떻지?"

"몰라, 예전 같으면 필패였겠지만, 알다시피 요즘 내 실력이 부쩍 늘어서."

"자랑이냐?"

자하르가 피식 웃었다.

근래에 실력이 부쩍 는 사람은 루센보다는 자하르가 더했다. 불과 얼마 전만 해도 검을 잡아본 적도 없던 자하르였다.

루센 역시 자하르의 성장 속도를 알기에 고개를 끄덕였다.

"뭐, 말은 이렇게 하지만 나도 저 녀석에게는 이기기 힘들거야. 저 녀석, 엑시드인 건 맞지만 강갑을 사용할 정도야."

"강갑?"

자하르가 의외라는 듯 테오도르를 바라봤다.

강갑이 비록 엑시드의 경지에서 이루는 하나의 작은 재주라고 하나 강갑을 사용할 정도면 엑시드의 거의 끝자락에 있다고 봐도 무방했다.

"의외인데?"

"거의 십 년 전부터 거기에서부터 답보 상태지만 말이야. 실력이 뛰어난 건 사실이지."

*　　*　　*

카앙—!

상대 기사의 검이 테오도르의 몸에 닿았다.

맑은 금속음이 울렸다. 상대 기사의 검은 테오도르의 몸을 베지 못했다.

강갑이었다. 몸을 갑옷처럼 단단하게 만들어, 검으로부터 몸을 보호한 것이다.

상대 기사가 망연자실한 표정을 지었다. 설마하니 검이 들어가지조차 않을 줄은 몰랐다.

"와아아아아—!"

관중 사이에서 함성이 터져 나왔다. 테오도르는 천천히 검을 들더니 그대로 검을 내려쳤다.

촤악—!

상대 기사의 가슴이 길게 베였다. 일부로 짧게 벤 듯, 그렇게까지 많은 피가 흐르지는 않았다.

곧 라울이 다가와 테오도르의 승리를 선언했다.

"성격 한번 고약하군."

자하르가 마음에 들지 않는다는 듯, 인상을 찌푸렸다.

“그건 나도 인정하지.”

루센 역시 마찬가지로 고개를 끄덕였다.

테오도르의 행동은 상대 기사를 철저하게 무시하는 행동이었다. 굳이 피할 수 있었음에도 피하지 않고 강갑으로 버티는 것은, 상대 기사에게 무척 굴욕적인 일이었으리라.

“저 녀석, 언제 만나지?”

“몰라, 예선전이 끝나고 토너먼트 식으로 다시 한 번 대진을 섞는다고 하더군. 결승전까지 가야 만날 수도 있고, 다음 경기에서 바로 만날 수도 있지.”

“제길, 저 녀석은 내가 꼭 잡는다. 강갑이고 뭐고, 팔 한 짝 정도는 베어 버려야겠어.”

자하르는 무척이나 심기가 나빠진 상태였다.

환생 이후, 이렇게까지 기분이 나쁜 적은 처음이었다. 자신의 실력을 관중들에게 어필하기 위해 상대 기사의 자존심을 철저하게 짓뭉개는 테오도르의 행동은 자하르가 가장 싫어하는 유형의 인간상이었다.

“진정해, 쉽게 볼 녀석이 아니야.”

“안 져, 강갑이고 뭐고, 썰어 버릴 거다.”

“설령 이긴다 하더라도 경기 중에 발생한 사고가 아닌 이상 시비가 걸려올 가능성이 커. 휴리엔 공작가에서 가만있지 않을 거다.”

“그럼 경기 중에 발생한 사고인 척 베어버리면 되지, 뭘 고민해?”

말은 그렇게 하지만 자하르도 쉽지 않다는 것 정도는 알고 있었다.

강갑의 경지라면 그렇게 낮은 경지는 아니었다. 한 순간에 끝나버려서 테오도르의 검술 실력까지는 알지 못하지만, 강갑의 경지라면 검술도 그리 수준이 낮지만은 않을 것이다.

단순히 이기는 거라면 어찌해 볼만도 한데, 사고인 척 팔을 베어버리는 것은 사실 무리였다.

"그래도 명백히 이번 대회 우승 후보군. 몇몇 녀석이 보이긴 해도, 테오도르를 상대할 만한 녀석은 없어 보여."

"나 있잖아. 저 녀석은 내가 잡는다."

자하르가 경기장에서 퇴장하는 테오도르를 노려보며 대꾸했다. 눈에 잔뜩 독이 오른 것이 화가 많이 난 듯했다.

루센은 대꾸하지 않았다. 사실 루센도 지난 반년 간 실력이 많이 늘어 테오도르와 싸워보고 싶은 마음이 굴뚝같았다.

테오도르가 경기장을 빠져나가자 라울이 다음 선수들의 이름이 호명되었다.

"하울드, 란타스! 경기장 위로!"

우렁찬 라울의 외침. 곧이어 대기하고 있던 선수들이 경기장으로 올라왔다.

자하르가 경기장으로 올라오는 선수들을 빤히 바라봤다. 루센이 그런 자하르의 얼굴을 힐끗 흘겼다.

'응?'

자하르의 표정이 이상했다.

방금 전의 화는 어디로 갔는지, 멀뚱히 선수들을 바라만 보고 있었다. 눈이 살짝 크게 떠진 것이, 놀란 표정 같기도 했다.

"야, 루센."

"왜 그러지?"

"저기 란타스라는 녀석, 뭐하는 녀석이냐?"

자하르의 시선은 란타스라는 선수에게로 고정되어 있었다.

"처음 들어보는 선수다. 나도 아는 선수는 별로 없어. 테오도르같은 선수는 워낙 유명하다 보니 알게 된 거고."

"그래? 별로 유명한 녀석은 아니라는 거지?"

란타스를 바라보던 자하르가 턱을 괴었다.

흥미로운 것을 발견한 그의 눈이 반달 모양으로 둥글게 휘어진다.

"저런 괴물이 왜 아직까지 알려지지 않았을까?"

"괴물?"

루센이 의아하다는 듯이 고개를 갸웃거렸다.

괴물이라니, 란타스가 말인가?

란타스는 이번 대회에 처음 나온 신인이었다. 달리 유명할 것도 없는 선수였다.

나이는 채 삼십이나 되었을까?

란타스는 무척 젊은 선수였다. 보라색 머리를 길게 뒤로 묶은 날카로운 눈매의 남자다.

큰 키와 날렵해 보이는 몸, 거기에 어울리는 길고 얇은 검을 허리춤에 차고 있었다. 검이 좀 특이할 정도로 길다는 것을 제외하면, 그다지 눈에 띄는 부분이 없었다.

"어딜 봐서?"

"나중에 경기를 보면 알게 될 거야."

자하르는 여전히 란타스에게로 시선을 주고 있었다.

란타스와 하울드가 경기장 위로 올라갔다. 그때 란타스의 시선이 자하르에게로 돌아갔다.

자하르의 시선과 란타스의 시선이 허공에서 교차했다. 그와 동시에 란타스의 입매가 벌어지며 미소를 그렸다.

팔짱을 끼며 자하르가 의자에 기대었다.

"어디, 실력이나 보자."

*   *   *

란타스의 시선은 여전히 자하르에게로 향해 있었다.

그 앞에서 갑옷을 정비하며 경기를 준비하던 하울드는 찬밥 신세였다. 나름 한 지역에서 이름있는 기사였던 그로서는 이런 대접이 처음이었다.

"어딜 그렇게 보고 있지?"

란타스는 대답하지 않았다.

무시를 당한 하울드가 와락 인상을 구겼다.

"지금 날 무시하는 건가?"

"응? 아……."

살짝 언성이 높여 말하자 그제야 란타스가 정신을 차리고 하울드를 바라봤다.

미소 가득한 웃음을 지은 란타스의 손이 검의 손잡이로 향했다.

"아, 미안하다. 잠깐 신경 쓰이는 곳이 있어서."

"날 무시하는 거군."

"아니라고는 말 못하겠다. 너보다 재있는 녀석이 저기 관람석에 앉아 있거든. 넌 보잘것없잖아."

싱글벙글 웃으며 내뱉는 말이다. 도발이라는 생각도 들지 않을 정도로 란타스의 말에는 진심이 묻어나왔다.

그 점이 더욱 하울드의 신경을 건드렸다.

스릉—

하울드가 허리에 차고 있던 검을 뽑아들었다. 꽤나 화려한 장식이 되어 있는 바스타드 소드였다.

"검을 뽑아라."

"경기 시작하고 뽑아도 충분……."

"뽑아!"

란타스의 여유에 하울드가 버럭 소리를 질렀다. 란타스는 어깨를 으쓱이며 허리춤에서 검을 뽑았다.

스르릉—

길게 뽑히는 기다란 장검. 하울드의 바스타드소드도 주로 양손으로 다루는 검인만큼 꽤나 긴 편에 속하는 검이었지만 란타스의 검은 그보다도 족히 두 뼘 이상은 길어 보였다.

"준비는 끝났나?"

하울드의 분위기가 살벌해지자 라울이 두 사람의 사이로 끼어들었다.

란타스와 하울드가 동시에 고개를 끄덕였다.

"그럼 시작하지."

라울이 곧장 두 사람 사이에서 떨어졌다. 그러자 아까부터 벼르고 있던 하울드가 곧장 튀어나갔다.

타닥—

빠르게 지면을 박찬 하울드. 역시나 수준 높은 기사답게 민첩한 몸놀림이었다.

후웅—

란타스의 검이 길게 휘둘러졌다. 길고 얇은 검이 하울드의 허리를 양단할 것처럼 보였다.

"느리군."

하울드가 신이 나서 지면을 박찼다. 빠르게 달려오던 그가 자신의 키만큼 위로 뛰어올랐다.

길이가 긴 검을 상대할 때에는 파고들기만 해도 거리에서 큰 이점을 가질 수 있었다. 그것을 성공시킨 하울드가 회심의 미소를 지었다.

"흐음… 이렇게 했던가?"

란타스가 고개를 갸웃거렸다.

하울드의 시선이 그의 손으로 향했다.

'언제……?'

어느새 검을 회수한 란타스. 그야말로 눈 깜짝할 사이였다.

란타스의 검이 하울드의 머리를 노리고 내려왔다.

하울드는 채 대비도 하지 못했다. 파고들기가 무섭게 란타스의 검이 움직인 것이다.

쏴아아아—

란타스의 검이 수십 갈래로 나뉘어졌다.

그렇게 나누어진 검이 모여 마치 해일처럼 변했다.

검의 해일. 그것을 바로 앞에서 마주하는 하울드가 기겁했다.

"이, 이건……."

겁에 질린 하울드를 내려다보며 란타스는 씩 웃었다.

"뭐, 대충 이렇게 했던 것 같네."

*　　　*　　　*

"저, 저거!"

루센이 자리에서 벌떡 일어났다.

떡 벌어진 입이 다물어지지 않았다. 그만큼 놀랄 수밖에 없었다.

"기분 나쁜 녀석이네."

자하르가 란타스를 한마디로 평가했다.

완벽하지는 않지만 판타즘 검술을 따라했다. 비록 정교한 묘리는 빠져 있지만, 모르는 사람이 본다면 거의 비슷하게 보일 정도였다.

게다가 환검으로 해일을 만들어 상대를 압박하는 기술은 얼마 전 자하르가 경기에서 선보인 기술이었다.

따라한다고 따라할 수 있는 기술이 아니었다. 더군다나 자신의 검술이 아닌, 모방한 검술로 펼치기에는 더더욱 힘들다.

"저 녀석… 도대체 뭐지?"

루센이 란타스를 노려보며 중얼거렸다.

자하르가 검의 해일을 만드는 것을 보며 경악했던 루센이다. 검술로 저런 모습을 보일 수 있으리라고는 생각지도 못했었다.

한데 란타스라는 이름도 알려지지 않은 기사가 그것을 해냈다. 그것이 란타스 본인의 검술인지 아닌지는 알 수 없으나 만약 자하르의 검술을 보고 따라한 것이라면 보통 실력이 아니었다.

"남의 검술이나 모방하고… 뭐, 저것도 실력이라면 실력인가?"

"모방? 네 검술을 따라했다고?"

"보면 몰라? 판타즘 검술 짝퉁이었잖아. 정교한 묘리는 빠져 있지만, 한 번 보고 따라했다기에는 상당히 비슷했어."

자하르가 란타스를 바라보며 설명을 이었다.

"저 녀석, 진짜 천재야. 봤지? 그런 검술을 펼치면서 엑시드도 사용하지 않은 거."

"그러고 보니……."

"환검이 특기가 아니야. 자세히 보면 알 수 있어. 아마도 사용하는 검술의 특기는 쾌검… 저건 단순히 따라한 것뿐이야.
휘두른 검에 상당히 여유가 있었으니 가능한 일이지.”
　“엑시드도 사용하지 않고 여유가 있었다고? 그게 가능해?”
　“가능하지.”
　자하르가 씩 웃었다.
　대회가 시작한 후로 한 번도 느껴보지 못한, 새로운 호승심
이었다.
　“마스터라면 말이지.”

CHAPTER 07
마스터

　마스터.

　검을 통달했다는 의미의 이 경지는 엑시드 위에 존재하는 또 다른 경지였다.

　엑시드에 오른 기사들은 꽤 있었다. 그런데 백작가의 기사들만 해도 엑시드 정도 수준은 발에 채일 정도다.

　하지만 마스터는 아니었다.

　대륙 전역을 뒤져도 그리 많지 않은 수. 그런데 백작이나 오웬 백작, 라울을 비롯한 이들이 바로 마스터에 오른 검사였다.

　'마스터라……'

　자하르가 보기에 란타스는 마스터였다.

　자신의 특기도 아닌 검술을 이렇듯 쉽게 따라한 것만 봐도 알 수 있었다.

'오러를 각성하지는 못한 것 같지만, 저 나이대에 마스터라? 진짜 천재로군.'

이제 갓 서른이나 되었을까 싶은 얼굴.

아니, 삼십도 되어 보이지 않았다.

그 나이대로 보면 거의 독보적이다 할 수 있었다. 루센도 한 세대에 한 명 태어날까 말까 한 천재지만, 란타스도 만만치 않았다.

'헷갈린단 말이지. 전체적인 수준이 떨어진 것 같으면서도, 루센이나 란타스 저녀석 같은 놈들이 있는 걸 보면 꼭 그렇지만도 않아 보이고.'

물론 자하르는 서른이 아니라 스무 살의 나이에 마스터에 올랐다. 란타스나 루센과도 비교되지 않는 엄청난 성장 속도였다.

"마스터라고? 저 녀석이?"

루센이 믿기지 않는다는 듯 물었다.

루센은 아직까지도 벌떡 일어선 체였다. 그만큼 많이 흥분했다는 뜻이다.

자하르가 손을 휘휘 저으며 앉으라고 손짓했다.

"맞을 거다. 그러니까 일단 앉아. 다음 경기도 남았잖아?"

"지금 다음 경기가 문제냐? 마스터라며!"

"그래, 마스터. 저 녀석 나이를 생각해 보면 말도 안 되는 경지지."

루센은 침착한 자하르의 모습에 김이 빠지는 듯 자리에 앉았다. 하지만 어처구니없는 표정은 여전했다.

"너무 태평한 것 아니야? 정말로 저 녀석이 마스터라면, 우승은 물 건너 간 거라고."

루센이 자리에 앉아 투덜거렸다.

당연했다. 루센도, 자하르도 대회에 출전한 이상 일차적인 목적은 우승이었다.

하지만 대회에 마스터가 등장했다면 이야기가 달라진다.

마스터는 엑시드에 오른 검사들과는 차원이 다르다.

엑시드는 체내에 존재하는 마나를 태워 육체의 한계를 극한까지 끌어 올린다. 당연히 마나의 소모도 심할 수밖에 없다.

반면 마스터는 이미 마나를 사용하지 않더라도 육체의 한계가 인간의 틀을 벗어난 이들이었다.

엑시드를 사용하지 않고도 엑시드를 사용한 검사들과 싸울 수 있는 존재. 동시에 엑시드를 사용할 경우, 엑시드를 훨씬 능가하는 무위를 선보이는 괴물들.

그것이 바로 마스터였다.

"뭐, 일반적으로 엑시드는 마스터를 이기기 힘든 게 사실이지."

"힘든 게 아니라 불가능해. 육체적으로 차원이 달라도 너무 달라."

"정설은 그렇지."

자하르는 태연하게 고개를 끄덕였다.

오히려 그 편이 더 재미있었다.

그러나 엑시드가 마스터를 이길 수 있는 방법이 아예 없는 것은 아니다.

일정 수준 이상의 무위를 지니고 검술의 깊은 묘리를 깨닫고 있는 엑시드가 있다면 마스터의 빈틈을 노릴 수 있는 상황이 나온다.

그리고 이를 위하여 가장 필요한 것,

'육체적 능력이 부족하다면 압도적인 검술이지…….'

과거 카르안이던 때, 엑시드에 오르고 아직 마스터에 오르지 못했던 시절, 한 마스터와 그가 겨루었던 적이 있었다.

그리고 다른 이들의 예상과 달리 카르안은 마스터를 이겨내는 데 성공했고 이는 엄청난 파장을 일으켰다.

이는 모두 카르안이 자신이 습득하고 익혔던 검술들의 묘리를 통해 마스터와의 수준 차이를 좁혀냈기에 가능한 일이었다.

물론 그 전투 때 부상을 입었지만 그때의 깨달음이 도움이 되어 마스터에 올랐음은 당연한 일이었다.

그런 자하르의 생각을 알지 못하는 루센으로서는 답답할 뿐이었다.

"후우— 그나저나 저 녀석은 왜 대회에 나온 거지? 보통 마스터 정도 되는 이들은 대회에 잘 나오지 않는데……."

대부분 마스터 정도에 오른 이들은 이런 대회에 잘 출전하지 않는 편이었다.

물론 간혹 대회에 마스터가 출전하는 경우도 있긴 했다. 우승 상금보다는 우승이라는 명예를 얻기 위해서였다.

하지만 마스터 정도 되는 인물이라면 우승해 봤자 본전이었다.

우승했을 경우, 역시 마스터라는 끄덕임이 있을 뿐이지만 만약에라도 도중에 떨어지거나 다른 마스터에게 패하면 누군가보다 상대적으로 약하다는 불명예스러운 이야기가 따라붙는다.

얻는 것보다 잃는 것이 더 크다.

그것이 마스터가 대회에 잘 나오지 않는 이유였다.

"오웬 백작님은 십 년 전에 대회에 나가셨다고 들었는데?"

"뭐, 아버지는 워낙 강하시니까. 당연히 우승할 거라는 생각으로 출전하셨겠지."

참으로 속편한 생각. 하지만 오웬 백작의 천연덕스러운 성격을 생각해 보면 딱히 이상할 것도 없었다.

"그럴 수도 있겠군. 그럼 저 녀석도 그런 생각으로 대회에 나온 건가?"

"아마도. 아니, 그보다는 잃을 게 없다는 이유일지도 모르겠다."

"잃을 게 없어?"

"그래, 란타스라는 이름은 전혀 들어보지 못했어. 단순히 내가 알지 못하는 걸지도 모르지만, 또 어쩌면 어디에도 소속되지 않은 마스터일지도 모르지. 이름이 알려지지 않았다면 지더라도 손해 볼 건 없으니."

"그럴 수도 있겠군. 흐음… 저 녀석 검술도 한 번 보고 싶은데……."

마스터에 오를 정도면 검술의 영역도 상당히 깊을 것이다. 마스터란 단순히 경지에 욕심을 내는 것만으로 도달할 수 있는 경지가 아니었다.

"결승전까지 지지 않고 올라가면 언젠가 만나겠지. 테오도르도 그렇고, 저 녀석도 그렇고, 이번 대회는 왜 이리 강한 녀석들이 넘쳐나는지……."

"뭘 그래? 좋은 거지."

자하르가 양손으로 머리를 받히며 히죽 웃었다.

＊　　　＊　　　＊

사흘에 걸친 예선전이 끝났다.

마지막까지 예선전을 지켜봤지만 눈여겨볼 만한 상대는 테오도르와 란타스 정도였다.

자하르는 그중 란타스라는 기사에 좀 더 비중을 뒀다. 아무리 강갑의 경지가 높다고 해도, 마스터에 비할 바는 아니었다.

예선전이 끝나고, 본선의 시작은 이틀 후부터였다. 지친 선수들이 휴식을 취하고 상처를 회복할 수 있는 여유 시간이었다.

밤이 깊었다.

근처에 있는 숲에서 검을 휘두르던 자하르가 자신의 숙소로 돌아왔다.

자하르는 숙소로 돌아오자마자 바로 침대에 등을 붙였다. 침대에 누운 자하르가 손을 쭉 뻗어 자신의 손등을 바라봤다.

'강갑까지는 어떻게 이길 수도 있겠는데… 지금 이 몸으로 마스터를 이길 수 있을까?'

아까부터 계속 떠오른 의문.

그 의문을 해소하기 위해 자하르는 눈을 감았다.

그리고 에드안의 심상 공간으로 빠져들었다.

긴 시간 동안 심상 공간에 빠져들 생각은 없었다. 때문에 지금 만들어진 심상 공간은 얕은 잠에 빠져든 것과 같았다.

심상 공간 속에서 자하르는 란타스와 검을 나누었다.

아주 잠깐이지만 란타스의 능력을 파악한 결과 란타스는 쾌검이라는 검의 특성과 기이할 정도로 긴 장검, 마스터에 이른 무위를 가지고 있었다.

마스터와의 싸움은 신물이 날 정도로 해보았다. 그보다 강한 이들과의 싸움도 경험이 있었다.

자하르는 심상 공간 속에서 그 경험을 토대로 란타스와 맞섰다. 긴 장검이 거슬리긴 했지만 조금 상대하다 보니 익숙해졌다.

"흡!"

자하르가 숨을 깊게 들이 마쉰다. 가슴을 길게 베인 것이다.

턱—

자하르의 손이 왼쪽 가슴 위, 정확히 심장이 있는 부분을 움켜쥐었다. 베이는 것과 동시에 란타스의 장검이 자하르의 심장을 찔렀다.

"후욱― 후욱―"

이마에서 흐르는 땀을 닦으며 자하르가 고개를 흔들었다. 심상 공간에서 나누었던 아찔한 대련이 생생하게 남아 있었다.

"이거야 원… 십 분도 못 버티겠군."

역시나 지금의 몸으로는 마스터와 싸우기엔 무리였다. 아무리 자하르의 검술이 뛰어나도 마스터 역시 검에는 달인이라 할 만한 이들이다.

검술이 뛰어나 비교적 우위를 점할 수는 있지만, 압도적인 힘과 속도, 마나의 양을 누를 정도는 아니었다.

"어쩐다……."

자하르는 등을 맞대고 있던 침대에서 몸을 일으켰다. 머릿속이 복잡하면서도 흥분을 감출 수 없었다.

땀으로 흥건한 손바닥이 검의 손잡이로 향했다.

"엑시드의 몸으로 마스터를 쳐부수는 것도 나름 재밌긴 하겠어."

스릉―

검이 천천히 위로 올라온다.

자하르의 시선이 천장 위로 향했다.

"그 전에, 쥐새끼부터 처리하고 말이지."

쉬익—

자하르의 중얼거림이 끝나기가 무섭게 천장 위로부터 날카로운 비수가 날아들었다.

화살처럼 쏘아진 비수는 정확히 자하르의 심장과 머리 등의 급소를 노렸다. 하나의 비수만 허용하더라도 치명적이었다.

캉캉캉—!

허공에서 딱딱한 쇳소리가 세 번 울렸다. 급소를 노리고 날아온 모든 비수가 목표를 잃고 사방으로 튀었다.

쉬쉬쉬쉭—

어두운 방 안에서 무언가 분주하게 움직였다. 자하르는 직감적으로 그것이 암습을 노리고 온 적이라는 것을 알 수 있었다.

'동화라… 귀찮은 짓거리를 하는군.'

암습을 노리고 찾아온 이들은 어둠 속에 몸을 녹아들고 있었다. 분주하게 사방으로 퍼진 그들을 찾기란 여간 어려운 일이 아니었다.

쐐애액—

콱—

자하르는 빠르게 등 뒤에서 날아온 물체를 왼손으로 낚아챘다. 보통의 비수보다 세 배는 기다란 뾰족한 철대였다.

쉬익—

자하르는 낚아챈 철대를 곧장 뒤를 향해 내던졌다. 빠르게 날아간 철대가 침대 위에 박혔다.

콰직―!

"컥!"

짧은 비명.

한 명의 암살자가 그대로 절명했다.

"이제 두 놈인가?"

타탁―

자하르의 신형이 움직였다. 정확히 전방의 문이 있는 방향
이었다.

쐐쐐쐐액!

순식간에 자하르의 검이 허공을 찔렀다. 그러자 바닥의 그
림자를 타고 무언가 움직이는 것이 느껴졌다.

콰직―

자하르의 발이 그림자를 밟았다. 동시에 등 뒤로 서늘한 느
낌이 전해졌다.

"쥐새끼는 참 미끼에 잘 넘어온단 말이지."

휘리릭―

촤악―!

허공에서 진한 피가 튀었다. 순식간에 가슴이 베인 암살자
가 흘린 피였다.

미리부터 암습을 준비하고 있던 자하르였다. 흑마법사들과
싸우면서 암살의 위협을 한두 번 받아본 것이 아니었다. 그렇
기에 암살자라는 족속들이 어떤 상황과 타이밍에 뒤를 노리는
지 잘 알고 있었다.

"한 명이 붙잡히는 즉시, 동료를 미끼로 대상의 등을 찌른다……. 독한 암살자 새끼들과 흑마법사 새끼들의 정석이지."

푸욱—

날카로운 검 끝이 바닥을 찔렀다. 땅이 아닌, 피부와 뼈가 꿰뚫리는 섬뜩한 소리가 났다.

무덤덤하게 바닥에 꽂았던 검을 뽑으며 자하르가 검 끝에 묻은 피를 털어냈다.

"암살자라… 어둠과의 동화를 하는 걸 보면 전문적으로 흑마법 계열의 암살 교육을 받은 녀석들."

세 명의 암살자 모두 만만치 않은 수준의 암살자였다. 아마 이정도 수준의 암살자라면 개개인이 엑시드급의 검사도 암살할 수 있으리라.

"그나저나 암살자라… 갑자기 이놈들은 뭐지?"

평범한 녀석들이 아니었다. 필시 흑마법사들과 연관이 되어 있는 암살자들이었다.

자하르가 검집에 다시 검을 집어넣으며 고개를 갸웃거렸다.

그러더니 한숨을 폭 내쉬며 중얼거렸다.

"역시… 아이작 그 녀석도 부활했나?"

과거에도 비슷한 일이 있었다.

흑마법사들의 세력이 그렇게 강하지 못했던 시절, 규모가 큰 검술 대회에서 이들과 같은 우수한 검사들이 대거 암살당했던 사건이었다.

이번 일 역시 그 일과 상당히 닮아 있었다. 그리고 그 일을 꾸몄던 것은 당연하게도 아이작이었다.

"내 존재를 알고 있다면 고작 이런 녀석들을 보내지는 않았을 테니……."

자하르가 인상을 팍 찡그렸다.

"설마 그럼 예선을 통과한 선수들 전부에게 이런 녀석들을 보낸 건가?"

*   *   *

일이 터졌다.

터져도 제대로 터졌다.

다음 날 아침, 한 가지 소식이 그란데 백작의 귀로 들어갔다.

"선수들이… 습격당해?"

하마르가 무겁게 고개를 끄덕였다.

"네, 꽤 많은 선수가 죽거나 부상을 입었습니다. 멀쩡한 선수는 채 반 정도밖에 되지 않은 상황입니다."

"도대체 누가!"

쾅—!

그란데 백작이 흥분을 못 이겨 탁자를 두드렸다. 선수들의 습격은 보통 일이 아니었다.

"정확한 정체는 밝혀지지 않았습니다. 하지만 암살자를 제압한 선수들도 상당수 있어, 살아남은 암살자들을 현재 취조

중입니다.”

“흑마법사 녀석들인가?”

“그게… 그런 징후는 발견되지 않았습니다만…….”

하마르가 말끝을 흐리며 자신이 들어온 문을 힐끗 흘겼다.

끼익 하는 소리와 함께 자하르가 방 안으로 들어왔다.

“네가 여긴 무슨 일이냐?”

“저도 피해자인데, 아들 걱정은 안 하십니까?”

자하르의 대꾸에 그란데 백작이 흠칫했다. 생각해 보니 자하르 역시 대회에 나오는 선수 중 한 명이었다.

“으음… 그렇구나. 어디 다친 데는 없느냐?”

“멀쩡합니다. 저 같은 경우에는 세 놈이나 와서 좀 피곤하긴 했지만요.”

“세 명?”

그란데 백작이 하마르에게로 시선을 돌렸다. 다른 선수들도 저 정도 수의 암살자들이 붙었는가 하는 물음이 담긴 시선이었다.

“다른 선수들은 대계 한 명의 암살자가 붙었습니다. 소영주님은 아무래도 예선에서 보여준 실력이 있기에 세 명이라는 수의 암살자가 붙은 모양입니다.”

“숙소는 제2기사단이 관리하고 지시했을 텐데? 더군다나 대회에 나오는 선수들도 대부분 엑시드에 오른 검사들 아닌가?”

“그게…….”

하마르가 난감한 기색으로 시선을 돌렸다. 그러자 자하르가 말을 받았다.

"제2기사단으로서는 암살자들의 은신을 발견하기 힘들 겁니다."

"은신이라고 해봤자 천장에 숨어드는 일 따위다. 조금의 기척이라도 있는 이상, 발견하지 못할 건 없지."

"보통 은신이 아니라면요?"

자하르의 물음에 그란데 백작이 눈을 빛냈다.

"무슨 소리냐?"

"흑마법입니다. 동화라는 마법으로, 어둠 속에 사람이 녹아드는 마법이죠. 흑마법사들이 암살자를 키울 때 가리키는 마법으로, 암습을 가하는 그 순간이 아니고서는 눈치채기 힘든 마법입니다."

"동화라… 그런 마법은 어디서 알게 된 게냐?"

"책에서요."

자하르는 얼마 전까지 도서관에서 살다시피 한 책벌레였다. 그중에는 마법을 비롯해 오래 전 흑마법에 관련된 역사 서적도 존재했다.

물론 이것은 전생의 경험에 비롯된 것이지만, 그란데 백작은 납득할 수 있었다. 자하르가 책에 묻혀 지냈던 시절이 있는 것은 엄연한 사실이었다.

"그렇군. 그 암습을 막아내기 위해서는 암습이 가해지는 그 순간 반응해야 한다는 건가? 상당히 까다롭겠어."

"경지의 유무와는 상관없이 암습을 막기 위해서는 선천적,

후천적으로 갈고 닦은 기감이 필요합니다. 아마 살아남은 기사들 전부가 기감이 뛰어난 편인 검사들인 겁니다."

"유용한 정보 고맙다. 결과적으로는 이 일이 흑마법사 녀석들의 소행이라는 뜻이군."

으득—

그란데 백작이 이를 갈았다.

그렇게 주의를 기울인다 했는데 결국에는 흑마법사 녀석들에게 뒤통수를 얻어맞고 말았다. 알맞은 대비를 하지 못한 부주의 탓이었다.

"마법사가 필요하겠군."

그란데 백작은 정확하게 필요한 것을 짚어냈다.

아주 뛰어난 기사가 아닌 이상, 동화를 사용한 암살자들을 찾아내기는 힘들었다. 그렇다면 마법에는 마법으로 대응하는 수밖에 없다.

"총관!"

"네!"

"일단은 라울과 베이모드에게 숙소를 감시하라고 해! 그 녀석들이라면 동화든 뭐든, 은신 따위 정도는 찾아낼 수 있을 테니."

"알겠습니다."

라울과 베이모드는 그란데 백작가에 소속된 마스터였다. 확실히 그들이라면 아무리 동화를 하더라도 뛰어난 기감으로 순식간에 은신을 찾아낼 것이다.

　“사망자들의 목록을 뽑아 소속된 영지와 용병단에 적절한 보상을 해주도록. 포션을 들이붓고, 치료 마법사들을 고용해서 부상당한 선수들의 회복에 전념하고, 경기 일정을 이틀 정도 늦춰! 이틀 동안은 부족한 선수의 공백을 메울 패자부활전을 연다.”

　“패자부활전을 하는 명분은 어떻게 할까요?”

　패자부활전을 열기 위해서는 그에 맞는 명분이 필요하다. 현재로서 가장 문제되는 부분이 바로 그것이었다.

　“변명할 필요가 있나?”

　그란데 백작의 눈이 반짝였다.

　하마르가 고개를 갸웃거리며 물었다.

　“무슨 소리십니까?”

　“흑마법사의 암습! 그대로 공표해라. 둘러댈 필요는 없다! 이참에 흑마법사 녀석들이 다시 준동하고 있다는 것을 대륙 전역에 알린다.”

　하마르가 눈을 동그랗게 뜨며 놀란 표정을 지었다.

　이는 상당히 파격적인 일이었다.

　그란데 백작가에서 주관하는 대회에서 선수들이 암습을 당했다는 것은 가문의 명예에 흠을 내는 일이었다. 하마르가 우려하고 있던 부분이 바로 이것이다.

　하지만 그란데 백작은 전혀 그러한 것을 신경 쓰지 않았다.

　그란데 백작은 오히려 이번 일로 흑마법사의 준동을 대륙에 확실하게 공표할 생각을 가졌다. 가문의 이름에 작은 흠을 내

는 대신, 대륙이 흑마법사의 존재를 인지하게 만드는 하나의
경고가 되는 것이다.

작은 것을 잃고, 대신 큰 것을 얻는다.

호쾌한 그란데 백작이기에 생각할 수 있는 방법이었다.

"알겠습니다. 그럼 그렇게 추진하겠습니다."

"이후로는 흑마법사 녀석들이 난동을 부리지 못하게 확실
히 감시해라. 병사들을 풀어 치안을 강화하고, 선수들을 철저
히 관리해!"

"네!"

그란데 백작의 엄한 호통에 하마르가 크게 대답했다. 이 순
간 그란데 백작에게서 뿜어지는 카리스마는 그야말로 대단했
다.

그 모습을 옆에서 지켜보고 있던 자하르가 꽤나 의외라는
표정을 지었다.

'고지식한 줄만 알았더니… 과감하군. 다른 귀족들처럼 가
문의 명예니 뭐니 하면서 실속을 포기하지도 않고 말이야.'

자하르의 입가가 씩 돌아갔다.

'아무튼 재미있게 됐어. 이렇게 되면 생각보다 흑마법사 녀
석들 존재가 빨리 알려질 테니……'

*　　　*　　　*

바로 다음 날, 패자부활전의 공고가 알려졌다.

예선에서 탈락해 돌아갈 채비를 하거나 본선을 구경하려던 선수들의 귀가 쫑긋 섰다. 패자부활전에서 이기기만 하면 본선에 진출할 수 있다는 말이었다.

하지만 그와 동시에, 또 다른 공고가 올라왔다.

흑마법사가 다시 출현했다!

사람들은 이 소식에 저마다 다들 입을 놀렸고 대회를 주관하는 일곱 가문에서는 이와 관련한 대책 논의가 오고 가기 시작했지만 검술 대회가 끝난 이후에 본격적으로 대책이 논의되기로 정해졌다.

"자네 그거 들었는가? 흑마법사가 나타났다더만!"

"나도 알아. 이번에 선수들이 습격당했다면서? 부상당한 선수들의 공백을 메우려고 패자부활전을 연다는 이야기더군."

"쯧쯧. 흑마법사 녀석들의 난동이 끝난 게 벌써 삼백 년 전인데… 아무튼 질긴 녀석이야. 천 년 전도 그렇고, 삼백 년 전도 그렇고, 어째 나타날 때마다 이렇게 속을 썩이는지."

"그러게 말이야. 기대를 많이 하고 왔는데, 아무튼 대회를 망치지는 않을지 걱정이야. 내 이번에 테오도르에게 돈을 꽤 걸었거든."

"다행히 테오도르는 멀쩡한 모양이더군. 그래도 흑마법사의 등장을 확인한 그란데 백작가에서 준비를 철저히 하는 모양이니, 이제부터야 별일 없겠지."

식사를 하며 나누는 거리의 대화였다. 대회를 구경하고자 온 거의 모든 관중이 이러한 대화를 나누고 있었다.

덕분에 흑마법사의 준동은 확실하게 알려졌다. 대륙 전역에서 모여든 사람들이다. 이들의 입소문이 퍼지는 것은 시간 문제였다.

이틀.

그 시간 동안 패자부활전이 열렸다. 그란데 백작가에서는 이미 한 번 대회의 입장권을 구입한 이들에게는 따로 돈을 받지 않았다. 어차피 예정에 없던 경기이기 때문이었다.

덕분에 관객들에게서는 따로 불만이 나오지 않았다. 다만, 흑마법사의 움직임에 대한 우려의 목소리가 나올 뿐이었다.

자하르는 따로 패자부활전을 구경할 생각이 없었다.

패자는 패자일 뿐이다. 이미 한 차례 실력을 보아온 이들이었고, 그들 중에서는 따로 눈여겨볼 만한 이들이 없었다.

이틀이라는 시간 동안 자하르는 연무장에서 검을 휘둘렀다.

그란데 백작가의 제2기사단과 제3기사단은 치안 유지와 선수들의 관리를 위해 나가 있었고, 제1기사단은 영주성의 보안을 위해 나가 있었다.

덕분에 지하 연무장에는 때 아니게 사람이 없었다. 덕분에 넓은 연무장을 독차지할 수 있는 자하르였다.

후웅—

자하르는 허공에 대고 검을 휘둘렀다.

환검도, 쾌검도, 중검도, 그 어떤 검도 아니었다. 따로 규

칙도 보이지 않았다.

검술의 틀이라고는 찾아볼 수 없었다. 마치 처음 검을 배우는 이가 무작위로 휘두르는 검 같았다.

쐐액―

날카로운 소리와 함께 자하르의 검이 멈췄다. 평범한 횡 베기였다.

"흐음……."

자하르가 검면을 자신의 눈 앞으로 가져갔다. 매끈한 검면에 자신의 얼굴이 비춰졌다.

"어색해."

자하르의 양쪽 눈썹이 아래로 내려왔다. 여간 마음에 차는 것이 아니었다.

잠시 검면에 얼굴을 비춰보던 자하르의 검이 아래로 획 하고 떨어졌다. 심상 공간에서는 잘만 되던 검술이 현실에서는 마음대로 되지 않았다.

"역시 몸뚱이가 문제인가?"

자하르는 어제부터 검술의 근본적인 문제를 찾기 위해 고민했다.

머리로 알고, 깊이를 알고, 묘리를 안다.

전생에서 수십 년간 휘둘러온 검이다. 환검, 쾌검, 중검을 비롯한 모든 검을 총망라한 검이다.

무초식.

검술의 틀도 없고, 초식도 없다.

검과 검이 부딪히고, 베고 찌름에 있어서 모든 검이 최고의
절초로 펼쳐진다.

그것이 바로 전생의 자하르가 오른 경지였다. 엑시드나 마
스터와 같은 마나와 깨달음으로 얻은 경지가 아닌, 순수한 검
술로서 도달한 경지였다.

그 검이라면 열 살짜리 꼬마가 다 어엿한 기사를 이기는 것
도 가능하다.

육체의 강함은 무초식 앞에서 무릎을 꿇는다.

그것이 바로 검술의 힘이었다. 무작정 육체의 경지만 오른
것과는 차원이 다른 인간이 가질 수 있는 또 다른 힘이다.

"왜 안 되지?"

후우우웅—

자하르가 바로 앞을 향해 검을 순식간에 쏘았다.

순식간에 회수한 검이 다시 뻗어나가기를 수차례. 위력적인
찌르기가 공기를 찢었다.

남들이 본다면 그 위력에 감탄을 하겠지만 자하르는 여간
마음에 들지 않았다.

"미묘하게 달라."

손끝에서 느껴지는 느낌이 달랐다. 자하르는 그것을 느낄
수 있었다.

"무초식… 하긴, 욕심이지. 고작 열여덟 살짜리가 무초식이
라니."

자하르는 욕심을 버렸다.

이유는 알 수 없으나 그도 욕심이라는 것을 안다. 전생이야 어찌되었든, 현생의 자하르의 나이는 이제 고작 18세였다.

머리에 피도 안 마른 꼬맹이. 전생의 자하르에게 있어서 18세 라는 나이는 딱 그 정도의 나이였다.

철컥—

길게 뻗은 검신이 검집 속으로 모습을 숨겼다. 자하르는 그 대로 연무장 바닥에 엉덩이를 붙이고 앉았다.

욕심을 버리고, 좀 더 찬찬히 뒤를 되돌아볼 생각이었다. 예 전에는 됐는데, 지금은 되지 않는다면 분명 문제가 있는 것이 다.

"판타즘 검술 때문인가?"

가장 먼저 떠오른 생각이 바로 판타즘 검술이었다.

판타즘 검술은 자하르가 창안한 검술로, 극한의 환검의 묘 리를 담고 있었다. 그 수준으로만 보면 무초식을 제외한 어느 검술보다도 뛰어나다 자부할 수 있을 만큼 훌륭한 검술이기도 했다.

하지만 뛰어난 환검인 만큼, 환검의 묘리가 깊게 자리잡은 것이 사실이었다. 그리고 자하르는 그란데 백작가에서 태어 나, 환경에 적응하기 위해 가장 먼저 판타즘 검술을 익혔다.

실제로 환생 후에는 무초식을 펼쳐 본 적이 없었다. 지금까 지 쭉 환검만 사용해 왔으니, 몸이 환검에 적응했을 가능성도 농후했다.

"맞는 것 같기도 한데……."

또 다른 가설은 아직 육체의 성장이 완전하지 않아, 무초식을 펼치기에 무리가 따른다는 것이다.

이것도 상당히 그럴 듯했다. 하지만 앞서 생각한 것보다는 확률이 떨어졌다.

"일단, 익숙해지는 게 먼저겠지?"

손이 환검에 익숙해 진 거라면, 다시 무초식을 다룰 수 있게끔 익숙함을 바꾸면 되는 일이다.

"그러려면 대련이나 실전이 최고지."

자하르가 검집을 허리춤에 맨 채 연무장 밖으로 성큼 걸음을 옮겼다.

*　　*　　*

연무장에서 나온 자하르가 향한 곳은 영주성의 바깥에 있는 경기장 인근이었다.

그란데 백작이 경기가 시작할 때까지 영주성에서 나오지 말라고 당부했지만, 자하르는 애초에 그런 당부를 지킬 생각이 없었다.

영주성은 제1기사단이 지키고 있었다. 라울이 있다면 모를까, 딱히 감시가 붙지도 않은 상태에서 몰래 빠져나오기는 그리 어렵지 않았다.

영주성을 빠져나온 자하르는 평범한 의복을 사 입었다. 근 이틀 동안 영주성으로 돌아가지 않을 생각이라 돈을 꽤 챙겨

온 것이다.

"뭐, 이 정도면 됐겠지."

크게 눈에 띄는 옷이 아니었다. 영주성에서 입었던 거추장스러운 제복보다는 일반 영지민이 입는 의복이 더 편하기도 했다.

대신, 의복 안쪽으로 검을 숨기는 것은 잊지 않았다. 평범한 영지민에게는 무기 소지가 절대적으로 금지되어 있었다.

준비를 갖춘 자하르가 주위를 두리번거렸다.

'그럼 찾아볼까?'

자하르가 거닐고 있는 거리는 분주했다.

대륙 각국에서 대회를 구경하기 위해 방문한 외인들을 비롯해, 그들에게 물건이나 음식 따위를 팔기 위해 모여든 사람들이 즐비했다.

발 디딜 곳 없는 거리.

마침 패자부활전이 시작될 쯤이라 그런지 사람이 더 붐비는 듯했다.

'분명 여기 어딘가에 있을 텐데……'

자하르가 주위를 서성였다.

주위에는 사람이 넘쳐났다. 지금 당장만 해도 자하르와 몸을 부딪치고 지나가는 사람도 있었다.

자하르는 고개를 돌리지 않고 후드를 깊게 눌러쓴 채 눈알을 굴렸다. 그러다 무리를 지어 다니는 몇 명의 사람이 눈에 들어왔다.

'찾았다.'

총 세 명의 남자였다.

겉으로 보기에는 특이할 것 없는 이들. 자하르가 서둘러 무리의 뒤를 밟았다.

무리는 겉으로 보기에는 평범했다. 굳이 그들의 뒤를 밟을 필요도 없어 보일 정도였다.

떠들썩하게 경기에 대해 수다를 나누고, 기념이라며 옷을 사 입는다. 식사를 하며 한 잔씩 술을 걸치고, 역시나 함께 모여 어딘가로 이동한다.

자하르는 그들의 뒤를 은밀하게 밟았다. 인파가 많아 들킬 일도 없었다.

식사를 마친 그들이 이동한 곳은 빈민촌이었다.

빈민촌은 경기장이 있는 곳으로부터 한참 떨어져 있는 곳이었다. 주로 가난한 영지민들이 모여 사는 곳으로, 사창가나 마약 등의 불법적인 일들이 벌어진다.

빈민촌의 어느 한 건물에는 어울리지 않는 지하가 있었다. 세 명의 남자가 도착한 장소가 바로 그곳이었다.

"여긴가?"

막 지하로 통하는 문을 열고 들어가려던 세 명의 남자가 자하르의 목소리에 흠칫 놀랐다.

자하르는 씩 웃으며 미리 뽑아둔 검을 날렸다.

서걱—

일 검에 세 명의 목이 날아갔다.

아무런 방비도 하지 못한 남자들이었다. 발소리를 죽이고 거의 기습이나 다름없게 일격을 날렸으니, 어찌 할 방도가 없었을 것이다.

"역시 예상대로 영지 안을 버젓이 돌아다니고 있었군."

차가울 만큼 착 가라앉은 눈동자가 바닥에 쓰러진 세 명의 남자를 바라봤다.

"흑마법사 새끼들……."

CHAPTER 08
소탕

끼이이—

지하로 통하는 문이 열렸다.

반쯤 기울여진 문을 열자 아래로 향하는 계단이 나타났다.

자하르는 망설임없이 계단을 내려갔다.

뚜벅— 뚜벅—

좁은 지하의 계단에서 한 걸음씩 옮길 때마다 지하가 울렸다. 아무리 발소리를 줄인다 해도 전문적으로 교육을 받은 이가 아닌 이상 이곳에서 소리를 죽이고 내려가기는 힘들 것이다.

지하는 그리 깊지 않았다. 임시로 만든 지하인 듯, 스무 계단을 채 내려가지 않아 끝을 드러냈다.

계단을 다 내려가자 기다리고 있는 것은 또 다른 문이었다.
지하로 통하는 문과 같이 낡은 나무로 만들어진 문이었다.

끼이이—

문을 열어젖히자 기분 나쁜 소음이 났다. 동시에 화끈한 열
기가 몰아쳤다.

화악—

순식간에 불길이 사라졌다. 자하르가 베어낸 일 검이 거센
불길을 사로잡았다.

자하르는 문의 안쪽을 바라보며 말했다.

"환영 인사가 좀 격한데?"

여유로운 모습. 제 발로 적진으로 찾아온 만큼 배짱이 있는
자하르였다.

문 안쪽은 예상보다 넓은 실내였다. 마치 하나의 술집 같은
분위기로, 열 명 정도의 남자가 음침하게 앉아 술을 마시고 있
었다.

자하르를 보는 그들의 눈빛은 제각각이었다. 몇몇은 후드로
얼굴을 가려 보이지 않았고, 몇몇은 호기심과 살기가 반쯤 섞
인 눈을 하고 있었다.

자하르의 바로 앞에 서 있던 남자가 뒤를 돌아보며 말했다.

"내가 뭐라 했어? 평범한 녀석은 아닐 거라 했지?"

킬킬대며 웃는 남자의 물음에 한쪽에서 책을 읽던 남자가
답했다.

"그래, 네 말이 맞다. 확실히 평범한 영지민은 아닌 모양

이네."

"영지의 기사인가? 그런데 복장이 영⋯⋯."

그때 한 명의 남자가 나무로 된 작은 통에 담긴 술을 비웠다.

입가를 슥 훔친 남자가 자하르를 향해 술잔을 냅다 던졌다.

콰직—

나무로 된 술잔이 으깨졌다. 자하르가 주먹으로 쳐낸 것이다.

"그쪽도 인사가 꽤 거친데?"

"영지의 기사라고 하기에는 목소리가 젊군. 대회에 나온 녀석인가?"

남자의 물음에 후드 속에서 자하르가 의외라는 표정을 지었다.

"대답이 없는 걸 보니 맞는가 보군. 밖에 나갔던 녀석들을 미행했나? 그렇다면 아마 지금쯤 세 녀석 다 죽었겠어."

"잘 아네."

"쯧⋯ 새로 배정된 숙소를 알아오라고 시켰는데, 그게 뭐 그리 어려운 일이라고 뒈져 버리는지. 아무튼 한심한 새끼들이라니까."

술잔을 집어 던진 남자가 자리에서 일어났다. 다른 흑마법사들과는 달리 듬직해 보이는 체격과 흉터진 얼굴이다. 직감적으로 자하르는 그가 이 무리들 사이의 우두머리라는 것을 알 수 있었다.

자하르는 문을 넘어, 방 안으로 들어갔다.

정확히 열 명 정도 되는 이들. 마법사와 암살자, 검사가 섞여 있는 기묘한 조합이었다.

'검사라? 흑마법사 녀석들이 검사도 키웠나?

마법사가 여섯, 암살자가 셋, 검사가 한 명이었다.

우두머리가 바로 검사였다. 허리춤에 차고 있는 검이나 기도로 보아 확실했다.

"그나저나 무슨 배짱으로 혼자 온 거냐? 보아하니 다 알고 온 것 같은데, 그럼 다른 일행을 끌고 와야 할 것 아니야?"

맨 처음 자하르에게 마법을 날렸던 흑마법사가 빈정거렸다. 후드를 쓰고 있어 얼굴은 제대로 보이지 않았지만, 목소리가 상당히 야비한 톤이다.

자하르는 대답 대신 다짜고짜 땅을 박찼다.

탕—

바닥을 박찬 자하르가 눈앞의 흑마법사를 향해 검을 휘둘렀다. 순식간에 거리를 좁힌 자하르의 검이 흑마법사의 목을 베었다.

서걱—

깔끔하게 베인 목. 영문도 모른 채 당한 흑마법사의 목이 바닥을 나뒹굴었다.

"서론이 너무 길어."

한 명의 목이 떨어졌다. 자하르는 튕기듯 몸을 날려 다음 목표를 찾았다.

“죽여!”

우두머리 검사가 소리쳤다. 그 말에 다른 아홉 명의 적들이 분주히 움직이기 시작했다.

세 명의 암살자가 동화를 사용해 어둠 속으로 몸을 숨겼다. 다섯 명의 흑마법사가 마법을 준비하고, 우두머리 검사가 자하르의 앞을 가로막았다.

“넌 내가 상대해 주지.”

“검사라… 요즘 흑마법사들은 참 조합도 다양해. 마법사에, 암살자에 검사. 서커스라도 하면 딱이겠어.”

그렇게 말한 자하르가 검을 휘둘렀다.

수직으로 내려쳐 오는 검이었다. 우두머리 검사는 검을 가로로 세워 막았다.

카앙—!

검이 부딪힌 직후 자하르의 검이 재차 움직이기 시작했다. 베기와 찌르기와 같은 단순한 공격들이 우두머리 검사를 향해 쏘아졌다.

카카캉—!

카가가가각—

우두머리 검사의 미간에 깊은 골이 파였다. 평범해 보이는 베기와 찌르기였지만, 하나하나가 쉽게 막을 수 없을 정도의 위력을 가지고 있었다.

우두머리 검사가 자하르의 검을 막기에 급급해할 때였다.

휘릭—

자하르의 몸이 반 바퀴 빙글 돌았다. 순식간에 우두머리 검사에게 등을 내어준 격이었다.

촤악—!

아무것도 없던 허공에서 돌연 피분수가 튀었다.

동화를 사용해 은신해 있던 암살자가 자하르의 등을 노리다 되려 당한 것이다.

자하르를 노리는 사람은 비단 그뿐만이 아니었다. 아직 암살자가 두 명이 남아 있고, 흑마법사도 다섯이 더 남아 있었다.

촤르르륵—

다섯 개의 검은색 사슬이 자하르를 노리고 뻗어왔다. 상대의 움직임을 구속하는 마법이었다.

"흐음… 이건 좀 힘들겠군."

우우우웅—

자하르의 몸에서 황금색의 아지랑이가 피어올랐다.

엑시드였다. 단순히 마나를 사용한다고 해서 이길 수 있을 것 같지는 않았다.

쩌저정—!

자하르의 검이 다섯 갈래에서 뻗어오던 쇠사슬을 일일이 쳐냈다. 목표를 잃은 쇠사슬이 사방으로 흩어졌다.

쉴 틈이 없었다. 바로 뒤이어 마법이 날아오고, 어딘가에서 암살자들이 기회를 노리고 있었다.

하지만 가장 무시할 수 없는 건 역시 우두머리 검사였다.

틈을 노리고 달려든 우두머리 검사. 자하르는 몸을 숙여 검을 피하고 곧장 검을 휘둘렀다.

쩌엉—!

우두머리의 검이 위로 붕 떠올랐다. 엑시드로 인해 강화된 신체는 반사신경 또한 극한으로 끌어올렸다.

"크윽."

손목이 저릿한 것을 느끼며 우두머리 검사가 뒤로 물러났다. 자하르는 그 틈을 놓치지 않고 몸을 날렸다.

휘리릭—

그대로 우두머리 검사를 쫓아도 되겠지만 자하르가 노린 것은 다름 아닌 암살자였다. 이런 난전 속에서는 몸을 숨기고 기습을 노리는 암살자부터 처리하는 것이 싸움의 방향을 유리하게 가져올 수 있었다.

"막아!"

우두머리 검사가 소리쳤다. 동시에 그 역시 다시 자하르를 향해 몸을 날렸다.

하지만 한 발 늦은 후였다. 어둠 속에 동화되어 있는 암살자지만 자하르의 기감은 모든 은신이 무용지물이 될 정도로 확장되어 있었다.

자하르에게서 피어오르는 황금색의 아지랑이가 주위를 환하게 밝혔다. 밝혀진 틈 사이에서 무언가 꿈틀거리는 것이 보였다.

날카롭게 곤두선 기감과 감각이 암살자가 있는 곳을 알려준다.

쐐액—

콰콰콰—!

자하르의 검이 애꿎은 벽을 부쉈다. 허름한 벽에서 파편이 우수수 떨어졌다.

그저 벽이었던 것이 아니었다. 아무것도 없던 벽에서 피가 뚝뚝 떨어졌다.

자하르는 방금 전 휘둘렀던 검의 감촉을 느끼며 중얼거렸다.

"괜찮은데?"

느낌이 왔다. 감각이 돌아오는 듯했다.

자하르는 뒤에서 느껴지는 묵직한 느낌에 몸을 돌렸다. 아니나 다를까, 우두머리 검사가 어느새 검을 내리찍고 있었다.

쩌엉—!

자하르가 이맛살을 찌푸렸다.

아까와는 달랐다. 비정상적일 정도로 검이 묵직하다.

'아지랑이?'

우두머리 검사에게서 검은색의 아지랑이가 피어오르고 있었다. 엑시드를 사용할 때 피어오르는 아지랑이와 형태가 비슷했다.

"엑시드였나?"

"곧 죽을 녀석이 궁금한 건 많구나!"

뒤에서 흑마법사들의 마법이 날아들었다. 이번엔 단순한 속박 마법이 아닌 직접적인 공격 마법이었다.

퍼퍼펑―!

검은색 불의 구가 빠르게 다가오더니 자하르의 지척에서 터졌다. 금세 검은 불꽃이 자하르의 사방을 뒤덮었다.

화륵―

흑마법으로 구현한 검은 불은 일반적인 불과는 다르게 쉽게 꺼지지 않는다. 우두머리 검사는 그 모습을 보며 안타깝다는 듯이 중얼거렸다.

"쯧… 여기도 버려야겠군. 다른 자리를 알아봐야 하나?"

두 명의 암살자가 죽고, 한 명의 흑마법사가 죽었다.

흑마법사야 언제든지 충당할 수 있다지만 암살자의 수는 그리 많지 않았다. 고작 대회에 나오는 선수 한 명을 죽인 것 치고는 손실이 컸다.

"그럴 필요없어."

화악―

검은 불길 속에서 자하르가 뛰쳐나왔다. 설마하니 그 불길 속에서 살아남을 줄은 몰랐는지 우두머리 검사가 당황했다.

"조, 조심해라!"

쉬이익―

자하르가 금세 흑마법사들의 앞으로 쇄도했다. 조금 떨어진 곳에서 우두머리 검사를 보조하던 흑마법사들은 자하르가 가까이 다가오자 어찌할 줄을 몰랐다.

좀 더 넓은 장소였다면 몰라도, 지금 자하르와 흑마법사들이 싸우고 있는 장소는 좁은 실내였다. 애초에 이렇게 좁은 곳에서 마법사와 검사의 싸움은 결과가 이미 정해져 있는 것이나 다름없었다.

촤촤촤악—

자하르의 검이 흑마법사 한 명의 몸을 난도질했다.

그것으로 끝이 아니었다. 신속히 몸을 움직인 자하르의 검이 바로 옆쪽의 흑마법사의 몸을 깨끗하게 양단했다.

서격—

깨끗하게 허리가 베어진 흑마법사의 몸이 서서히 무너진다.

일 검에 양단된 허리.

크게 힘을 들인 것도 아닌데도 깨끗하게 잘렸다. 손끝의 감각이 짜릿하게 곤두섰다.

'좋아.'

점점 흥이 살아나고 있었다. 찾고자 했던 감각이 조금씩 살아나는 것이 느껴졌다.

검을 조금 더 꽉 움켜쥐며 자하르가 움직였다.

*　　　*　　　*

"후우—"

자하르가 이마를 훔쳤다.

송골송골 맺힌 땀이 꽤 되었다. 그만큼 격하게 움직였다는 뜻이었다.

잠시 숨을 고르던 자하르의 입매가 활짝 벌어졌다. 그의 주위로는 아까까지만 해도 멀쩡하던 흑마법사들의 시신이 어지럽게 흩어져 있었다.

"이제 너 하나 남았나?"

자하르가 눈앞의 우두머리 검사를 보며 물었다.

그 역시 꽤나 지친 모양이었다. 몸에서 피어오르는 검은색 아지랑이는 여전했지만, 검을 든 손이 미세하게 떨렸다.

"그래가지고 싸울 수나 있겠어?"

"넌… 도대체 누구냐?"

"대답해 줄 생각 없어. 대답해 준 적도 없고. 대답해 줘봤자 곧 죽어버릴 거잖아."

"큭! 여유만만하군. 너도 그렇게 멀쩡하지는 않을 텐데?"

우두머리 검사는 자하르의 상태도 그리 멀쩡하지 않다는 것을 알아보았다.

수준이 뛰어나지는 않지만 흑마법사가 여섯이었다. 동화를 사용할 줄 아는 암살자가 셋이고, 자신 역시 수준 높은 검사였다.

자하르가 비록 천부적인 기감과 전생의 경험으로 흑마법사들과의 싸움에 이골이 나 있다고 하나 아직 그 육체는 완전히 여물지 않은 청년이었다.

당연히 지칠 수밖에 없었다. 암살자의 암습을 대비하기 위해 극도로 기감을 넓히고, 엑시드를 유지하기 위해 지속적으로 마나를 소모했다.

또한 흑마법사들의 마법과 우두머리 검사의 공격에 대비하기 위해 쉬지 않고 몸을 움직였다. 체력도, 정신력도, 마나도 거의 한계였다.

사실상 우두머리 검사보다는 자하르의 상태가 더 좋지 않았다.

"허세 한번 일품이군. 그런 몸으로 뭘 한다고… 도망이라도 치는 게 낫지 않겠나?"

우두머리 검사가 그렇게 말하며 호탕하게 웃었다. 억지로 흘리는 웃음이었다.

말과는 달리 우두머리 검사는 자하르가 등을 돌리고 도망가 줬으면 하는 바람이었다. 아무리 지쳤다고 해도 호랑이는 호랑이. 이빨이 빠져도 발톱이 남아 있지 말라는 법은 없었다.

"도망? 내가 미쳤냐?"

자하르가 킥, 웃음을 흘렸다.

아직 마지막 정리가 남아 있었다. 손끝에 새겨진 감각을 확실하게 자신의 것으로 만들기 위해 눈앞의 검사를 제물로 삼는다.

두말없이 검을 꽉 움켜쥐는 자하르를 보며 우두머리 검사는 자하르가 도망갈 의사가 없다는 것을 알았다. 결국 싸우는 수밖에 없었다.

"후회하지 마라."

"그 말, 수십 번도 더 들었다."

자하르가 한 걸음 앞으로 뻗었다.

"그렇게 말하고는 다들 죽어버리더라고."

"하압!"

우두머리 검사가 곧장 달려들었다. 자하르가 입을 놀리는 사이 끝을 볼 생각인 것이다.

자하르 역시 질질 끄는 것은 마음에 들지 않았다. 양손으로 검의 손잡이를 움켜쥔 자하르가 검을 높게 쳐들었다.

쉬이익―

검이 수직으로 떨어졌다. 빠른 일검에 우두머리 검사가 달려들다가 말고 검을 가로로 뉘여 방어했다.

하지만 이변이 일어났다.

카캉―!

우두머리 검사의 검이 반으로 부러졌다. 어리둥절한 표정을 지은 우두머리 검사의 몸에 가느다란 혈선이 그어졌다.

"이, 이건……."

촤아악―

말을 채 잇기도 전에 우두머리 검사의 몸이 좌우로 갈라졌다. 끔찍한 광경이었지만 자하르는 익숙한 듯 감흥없는 얼굴이었다.

아래로 내려왔던 자하르의 검이 다시 올라왔다. 눈 앞으로 바짝 가져간 검에는 피 한 방울 묻어 있지 않았다.

*　　　*　　　*

자하르는 남은 흑마법사들의 확인 사살 후, 잠시 그 자리에 머물렀다.

방금 전의 싸움에서 있었던 느낌을 되새기는 것이다. 환검을 사용하지 않고 무초식을 다시 되새길 수 있게끔 연습 삼아 싸웠다.

중간까지는 그렇게 마음에 드는 것은 아니었다. 조금씩 나아지는 느낌이 들긴 했지만 여전히 수준 이하였다.

하지만 마지막 우두머리 검사와 나눈 검에서 확실하게 느낌이 왔다.

'무초식.'

단순하게 내려친 일 검이었다.

별로 특별할 것 없는 내려치기다. 하지만 그 검이 상대의 검을 부수는 것으로 모자라 깔끔하게 몸을 양단했다.

실로 위력적이다. 어떠한 초식도 가미되지 않은 무초식의 검이었다.

자하르는 굳이 검을 뽑지 않았다. 대신, 눈을 감고 방금 전의 싸움을 계속해서 뇌리에서 반복했다.

손끝에서 느껴지던 감각과 어깨와 팔, 허리를 이용해 휘두른 일 검을 되새긴다.

그렇게 한참을 눈을 감고 있던 자하르가 다리를 피고 일어났다. 반쯤 타고 찢어진 의복을 툭툭 털어내며 자하르가 중얼거린다.

"한동안 연습 좀 해야겠군. 흑마법사 녀석들도 좀 더 잡으러 다니고."

검을 갈고 닦기 위한 가장 좋은 수련은 실전이다. 백 번의 연습보다는 확실한 실전 한 번이 훨씬 효과적인 법이다.

자하르는 주위를 빙 둘러봤다. 지금까지 피로 흥건한 바닥에 있었더니 기분이 영 언짢았다.

"그나저나 흑마법사 녀석들이 검사도 키웠나? 썩 어울리는 조합은 아닌데."

자하르는 우두머리 검사를 떠올리며 고개를 갸웃거렸다.

그의 몸에서 피어오르던 아지랑이는 분명 엑시드와 닮아 있었다. 신체능력이 극대화되는 것 역시 비슷했다.

하지만 어딘가 느낌이 이상했다. 우선 아지랑이의 색부터가 일반적인 엑시드와 달랐다.

'생명력을 깎아먹는 방법인가? 체내의 생명력을 태워 마나로 전환시키는 수법은 흑마법사들이 흔히 써먹는 방법이긴 한데… 뭐, 열 놈 중에서 한 놈 있는 걸 보면 수가 그렇게 많지는 않은 것 같기도 하고.'

아마 이 녀석들이 끝이 아닐 것이다.

하룻밤 사이 선수들이 거의 동시에 습격당했다. 그렇다면 최소한 흑마법사가 백여 명은 넘게 영지에 숨어들어 있다고 봐야 한다.

'연습 상대가 많아서 좋긴 한데……'

과거에도 자하르는 이런 식이었다.

흑마법사가 보인다 싶으면 그 뒤를 밟고, 본거지까지 따라갔다. 그리고 단신으로 본거지를 쑥대밭으로 만들었다.

물론 지금은 그 정도 능력까지는 없었다. 하지만 이 정도 적은 수가 모여 있는 정도는 충분히 처리할 수 있었다.

'이야기를 들어보면 바뀐 선수들의 숙소를 찾고 있는 건가? 그렇다면 이 녀석들 목적이 여전히 선수들의 목숨이라는 건데… 대회를 망칠 방법은 그것 외에도 많을 텐데?'

자하르가 고개를 갸웃거렸다.

도무지 흑마법사들의 목적을 알 수가 없었다. 혹시 다른 내막이라도 있는 건 아닐까 하는 생각도 들었다.

'역시… 아이작인가?'

자하르가 가장 먼저 신경 써야 하는 대상은 두말할 것 없이 아이작이었다.

아마 그것은 아이작 역시 마찬가지일 것이다. 아이작 정도의 흑마법사라면 자신 역시 환생했다는 것을 알아차렸을 테니 말이다.

그렇다면 아이작의 목표는 뻔하다.

'내 목을 노리고?'

전생의 자하르는 아이작과 사사건건 대립했다.

싸움도 오지게 했고, 아이작이 벌여 놓은 사건도 여러 번 깨부쉈다.

그렇기에 서로에 대해서도 잘 알고 있었다. 아이작이라면 자신이 이런 대회에 흥미를 가지고 있다는 것을 예상했을지도 모른다.

'그렇다면 선수들을 노리는 것도 이해가 가는데… 잘만 얻

어 걸리면 흑마법사들을 통해서 날 죽일 수도 있으니까.'

잠시 생각에 빠져 있던 자하르가 지하를 나섰다.

"뭐, 아무래도 상관없지. 어차피 다 죽여 버리면 그만 아냐?"

*   *   *

자하르는 그 뒤로 흑마법사들을 찾아 영지를 뒤지고 다녔다.

흑마법사들은 영지 이곳저곳에 퍼져 있었다. 가끔 거리로 나와 있는 흑마법사를 발견하면 그 즉시 자하르는 뒤를 밟았다.

그렇게 자하르는 처음을 포함해 총 세 곳의 흑마법사를 처리했다.

그렇게 하루가 지나자 흑마법사들도 자하르의 존재를 알게 되었다.

"연락이 끊겼다고?"

어두운 지하에 어울리는 침침한 목소리였다.

하지만 그 목소리에는 잔뜩 날이 서 있었다. 결코 믿기 힘든, 있어서는 안 되는 보고가 올라온 것이다.

그는 이번 일을 위임받은 지부장이었다.

흑마법사들의 장로들이 다수의 흑마법사들과 암살자, 특수

한 교육을 받은 검사들과 함께 하나의 임무를 내린 것이다.

임무는 바로 대회의 예선을 통과한 선수들의 암살.

대회는 대륙을 대표하는 검가의 가장 큰 수입원 중 하나였다. 또한, 검가의 명예가 걸려 있는 일이기도 했다.

우수한 검사들을 다수 제거하면서 동시에 검가의 명성에 큰 흠집을 낼 수 있는 일. 중요하다면 무척이나 중요한 임무였다.

이번 일의 성공과 실패의 여부는 전적으로 지부장에게 달려 있었다. 만약 이번 일을 실패한다면, 지부장은 차라리 죽는 것이 나을 정도의 형벌을 받으리라.

"네, 선수들의 숙소를 찾아다니던 녀석들을 비롯해 두 곳의 연락이 끊겼습니다. 총 마흔 명의 소식이 거의 동시에 끊긴 것으로 보아 아무래도……."

"지금 그걸 말이라고 하나!"

쾅―!

지부장의 주먹이 탁자를 강하게 내려쳤다.

함께 온 흑마법사가 총 백 명을 넘겼다. 암살자가 이백이고, 검사가 열 명이었다.

암살에 특화된 무력 단체.

이 정도 인원이면 그란데 백작가와 일전을 벌여볼 만도 한 전력인 것이다. 철저하게 전투에 특화된 마법사와 암살자, 검사는 그 정도로 엄청난 무력을 가졌다.

"거의 암살자 오십 명이 선수들을 습격하다가 죽었다. 생각 이상의 손실이야. 그래, 거기까지는 이해할 수 있다. 그런데 뭐? 가만히 나자빠져 있다가 마흔 명이 죽어? 도대체 뭐하자는 거냐!"

"지부장님. 하룻밤 사이에 벌어진 일입니다. 지금은 흉수를 찾아 제거하는 일이 먼저입니다."

"닥쳐! 네 목이 날아가는 것 아니라고 막말하는 것이냐!"

지부장의 주위를 타고 거센 소용돌이가 휘몰았다. 분노에 반응한 흑마나가 일렁였다. 그 역시도 상당한 수준에 오른 흑마법사였다.

'도대체 장로는 왜 이런 대회나 신경 쓰는 거지? 대회에 참가하는 모든 선수들을 죽이라니…….'

흑마법사들에게도 엄연한 지위가 나누어져 있었다. 장로는 흑마법사들 중에서도 탑주를 제외하고는 가장 높은 위치에 있는 인물이었다.

이번 일은 바로 그 장로가 계획한 일이었다. 대회에 참가하는 모든 선수들을 죽이라는 임무였다.

'비록 대계를 위한 준비가 갖춰졌다고 하나, 이렇게 대놓고 드러내는 건 별로 좋지 않다. 굳이 이런 대회 하나 망치겠다고 도박을 할 필요가 있는 건가? 도대체 무슨 가치가 있다고?'

자세한 내막을 모르는 지부장으로서는 어리둥절할 뿐이다. 일단 명령이고 임무이기에 따를 뿐이지만, 사정을 모르는 지부장으로서는 의아하기만 했다.

"끙… 아무튼 사람을 풀어서 확실한 정보를 얻어라. 지속적으로 우리를 습격한 녀석에 대해 알아봐. 그리고 이제부터는 좀 더 모여서 움직여라. 흩어져서 움직이는 것이 효율적이긴 해도, 희생을 감수할 필요는 없어. 이제부터는 삼십 명 단위로 모여서 움직이라고 그래.”

“알겠습니다.”

“누군지는 몰라도 감히 우리를 건드린 대가는 치르게 만들어 줘야지.”

지부장은 이빨 사이에서 누군지 모를 적을 씹어 먹었다.

*　　　*　　　*

뚝—

자하르의 팔을 타고 핏물이 흘러내렸다.

검에 의해 길게 베인 팔의 상처는 꽤나 심했다. 검에 의해 찢어진 근육이 보일 정도였다.

“후욱— 후욱—”

숨을 거칠게 내쉬며 자하르가 살짝 허리를 구부렸다. 그리고 쓰러지지 않기 위해 검을 땅에 박아서 몸을 지탱했다.

지쳤다.

자하르는 왼팔에 난 상처를 확인했다. 출혈도 상당하고, 고통도 만만찮았다. 이렇게 큰 상처를 입은 건 아이작과의 싸움을 제외하면 거의 없다시피 했다.

자하르는 근처에 쓰러져 있는 흑마법사의 로브를 집었다.

찌이익—

로브기 길게 찢겨져 나갔다. 자하르는 로브를 왼팔에 둘둘 말아 상처를 싸맸다.

"끙, 이거 치료하려면 고생 좀 하겠군."

급하게 상처를 동여 맨 자하르가 주위를 둘러봤다.

사방에 죽은 사람들의 시신이 널려 있었다. 흑마법사들과 암살자들, 그리고 바스타드소드를 손에 쥔 채 죽어 있는 한 명의 검사.

"저 녀석은 뭔데 이렇게 강해? 씁, 아파라."

자하르가 목만 따로 놀고 있는 검사의 얼굴을 보며 불평을 토했다. 지금 입은 상처를 입힌 녀석이었다.

이전에 싸운 검사보다 조금 더 강했다. 검술 자체는 형편없지만, 검은 아지랑이를 통해 끌어내는 신체능력은 발군이었다.

물론 그 정도라면 자하르가 이렇게까지 고전했을 리는 없었다.

문제는 물량이었다.

"대충 삼십 명인가? 많이도 몰려다니네."

자하르는 주위에 널린 시신들을 하나하나 세어봤다.

보통 열 명에서 열다섯 명 정도로 몰려다니던 녀석들이었다. 그런데 이번엔 무슨 일인지 삼십 명이나 되는 인원이 모여 있었다.

인원이 많다 보니 당연히 고전할 수밖에 없었다. 아직 다수에 장사일 만큼 강해지지는 못했다.

“뭐, 지금은 무초식도 어느 정도 익숙해졌으니까. 그나저나 앞으로도 이런 식이면 위험하겠어.”

마나와 체력은 물론, 정신력까지 바닥이었다.

지쳐서 한 발짝도 움직이기 싫을 지경이다. 하긴, 일반 병사도 아니고 싸움에 특화된 흑마법사와 암살자들을 상대했으니 오죽하겠는가.

아마 평범한 엑시드라면 죽어도 진작 죽었을 것이다. 무초식에 충분히 익숙해 진 다음이 아니었다면 이 자리에 피를 뿌리고 있는 것은 자하르였을지도 모른다.

자하르는 잠시 자리에 앉아 휴식을 취했다.

고갈된 마나를 회복하고, 회복한 마나를 이용해 상처를 지혈했다.

어느 정도 상처가 회복되고 휴식이 끝나자 자하르가 자리에서 일어났다.

“이만 돌아가야겠군.”

이번에야 운 좋게 이겼다지만 앞으로도 이런 식이면 위험했다. 삼십이 아니라 사십 명이 모여 있으면 마스터가 아닌 이상에야 이기기 힘들었다.

영주성으로 돌아갈 것을 결정한 자하르가 주점을 나섰다. 흑마법사들은 보통 이렇듯 인적이 뜸한 빈민촌의 지하나 주점을 이용하고 있었다.

끼익—

막 주점의 문을 열고 나가려는 그때 주점의 낡은 문을 열어

젖히며 한 명의 남자가 안으로 들어왔다.

주점으로 들어선 남자가 안을 둘러보며 인상을 찌푸렸다.

"이건 무슨 일인고?"

자하르가 난감한 표정을 지었다.

인적이 뜸한 곳이긴 해도 아주 인적이 없지는 않았다. 주점인 만큼 근처를 지나가던 사람이 술을 마시고자 들어오지 말라는 법도 없었다.

변명을 할까, 아니면 솔직하게 말할까 고민하던 자하르에게 노인의 음성이 들려왔다.

"혹시 네가 이랬느냐?"

무척 덤덤한 음성이었다.

자하르의 눈이 착 가라앉았다.

"누구십니까?"

"맞는가 보구나."

노인은 무척 여유로워 보였다. 수십 명의 사람이 피를 뿌리고 죽어 있는 광경을 보고도 말이다.

그냥 지나가던 사람이 아니었다. 그때서야 자하르는 노인이 심상치 않게 느껴졌다.

'보통 노인은 아니다.'

노인에게서는 아무 것도 느껴지지 않았다.

그게 더욱 두려운 것이다. 그란데 백작 정도 되는 실력자만 해도 자하르는 어느 정도 실력을 짐작할 수 있었다.

하지만 눈앞의 노인은 그런 느낌이 아니었다.

단순히 막연히 평범하지 않다는 느낌.

그렇기에 더욱 위험했다. 아무것도 느껴지지 않는 평범한 노인 같지만, 자하르의 직감은 그 어느 누구보다 위험한 노인이라고 자꾸만 경종을 울리고 있었다.

'적? 아군?'

우선적으로 살펴야 할 과제였다.

만약 적이라면 그야말로 최악이었다. 허리춤에 검을 차고 있는 것을 보면 검사인 모양.

그렇다면 적일 확률은 그리 높지 않았다.

"제가 했습니다."

"호오, 제법 수가 많은데, 아직 어린 나이에 대단하구나."

"소개 좀 부탁드려도 되겠습니까?"

자하르는 슬쩍 손을 옮겼다.

노인의 시선이 자하르의 검으로 향했다. 자하르의 손은 손잡이 위로 올라가 있었다.

명백한 경계의 의미. 즉, 아군인지 적군인지를 밝히라는 뜻이었다.

노인이 허허롭게 웃으며 손을 흔들었다.

"걱정 말거라, 적은 아닌 듯하니."

"흑마법사들과 적이라는 뜻입니까?"

"적의 적은 곧 아군 아닌가?"

확실한 대답이었다.

그렇다면 애초에 노인이 이 자리를 찾아온 것도 흑마법사를 처리하고자 하는 이유일 확률이 높았다.

하지만 자하르는 여전히 손의 위치를 옮기지 않았다. 아직 묻고 싶은 것이 많았다.

"귀족이십니까?"

노인의 복장은 일반 기사라고 보기 힘들었다. 편안하게 만들어진 흰색 제복은 크란 제국의 귀족들이 즐겨 입는 복장이었다.

귀족이라면 성과 작위가 있을 터.

유명한 귀족이라면 자하르 역시 몇몇 알고 있는 이들이 있었다.

"류지 후작이다. 들어봤느냐?"

"류지 후작?"

자하르의 눈이 휘둥그래졌다.

들어봤다 마다였다. 비단 크란 제국의 사람들만이 아니더라도 모르는 사람이 없을 것이다.

대륙 제일검.

그 이름으로 드높은 사람이 바로 류지 후작이다. 오웬 백작의 아버지이자 이 시대의 최강자가 바로 그였다.

'이자가 대륙 제일?'

자하르가 새삼스러운 눈으로 류지 후작을 바라봤다.

평범치 않은 노인이라는 생각은 했지만 설마하니 대륙 제일검일 줄이야.

대륙 제일검이라는 말에 한 번 만나보고 싶다는 생각을 하긴 했다. 자신 역시 대륙 제일검이라는 칭호를 달고 살았으니 말이다.

실망도, 감탄도 없었다.

지금의 자하르는 류지 후작의 정확한 실력을 알 수 없었다. 직감적으로 강하다는 느낌을 받았을 뿐이다.

아무튼 류지 후작이라면 안심이었다. 루첸의 할아버지이기도 했으니 확실한 아군이라고 봐도 무방했다.

"내 소개를 했으니 이제 네 차례구나. 이름이 무엇이냐?"

"그란데 자하르라고 합니다."

류지 후작이 놀란 표정을 지었다. 그러더니 자하르의 얼굴을 찬찬히 뜯어본다.

"자하르? 오호라, 네가 루첸 녀석이 귀 따갑게 말했던 그 녀석이로구나."

"무슨 얘기를요?"

"루첸 녀석이 나이도 어린 녀석에게 졌다고, 얼마나 열심히 하던지. 덕분에 나도 놀랄 만큼 반년 사이 실력이 늘었지. 그런데 지금 네 녀석을 보니 루첸 녀석의 노력이 헛물이었어."

류지 후작은 자하르가 벌려놓은 광경을 보며 혀를 끌끌 찼다.

주점을 가득 메운 시신들. 저 모두가 흑마법사이거나 암살자라고 생각하면 자하르의 실력이 대충 예상은 갔다.

"이제 열여덟 살이라고 하던데, 넌 도대체 뭐하는 괴물인 게냐? 아이작을 죽였다는 카르안도 네 녀석 정도는 아닐 게다."

“뭐, 그건 그렇고 류지 후작님은 여기 무슨 볼일입니까? 혹시 후작님도 흑마법사 죽이러 왔나요?”

“요놈 말하는 것 보게. 흑마법사 죽이러? 보통 이런 것은 악을 소탕하기 위해서라든지, 대륙의 평화를 위해서라든지 해야 하는 것 아니냐?”

“번지르르하게 말해서 뭐합니까. 그 말이 결국 흑마법사 족치려고 돌아다닌다는 거죠.”

자하르의 시큰둥한 대답에 류지 후작이 호탕하게 웃었다.

귀족이라는 신분에 구애받지 않은 호방한 말투가 마음에 들었다. 격식에 연연하지 않는 것은 류지 후작도 마찬가지였다.

“네 말이 맞다. 그 말이 그 말이지. 그래, 나도 흑마법사 녀석들 죽이러 왔다. 오는 길에 요상한 기운이 느껴지더구나. 그게 흑마법사 녀석들이 사용하는 흑마나 같아서 가까운 길에 처리 좀 하려 했더니만, 네 녀석이 먼저 선수를 친 모양이구나.”

“여기저기 돌아다니며 대륙의 악을 처단하기 위해 힘깨나 쓰고 있죠.”

“허허, 재밌는 녀석이구나. 그래도 좀 위험했던 모양인데, 괜찮으냐?”

류지 후작이 자하르의 왼팔을 보며 물었다.

피는 멎었지만 둘둘 매고 있는 로브는 한눈에 봐도 상처를 지혈하기 위함인 것을 알 수 있었다.

자하르는 어깨를 으쓱이며 답했다.

“삼십 명은 힘들더라고요.”

“흠, 얼마 전에는 열 놈이 뭉쳐 다니더니, 그새 수가 늘었군. 별 차이는 없어 보이지만 말이다.”

“일단 자리 좀 옮기지요. 뛰어다녀서 배도 고프고, 내일 경기도 있어서 좀 쉬어야겠어요.”

“그러자꾸나.”

*　　*　　*

자하르가 류지 후작과 함께 돌아오자 영주성이 발칵 뒤집혀졌다.

편지 한 통을 남기고 영주성을 나선 자하르의 행동은 문자 그대로 가출이었다. 업무를 보느라 자하르의 가출을 막지 못한 그란데 백작은 잔뜩 화가 나 있었다.

그란데 백작은 기사들을 시켜 자하르를 호출했다. 그 뒤를 류지 후작이 따라오는 것은 당연했다.

그란데 백작은 집무실에서 대회에 관련된 업무를 보고 있었다. 듬직한 체격으로 얇은 펜대를 잡고 있는 그 모습을 보며 자하르가 피식 웃었다.

“웃음이 나오느냐?”

그란데 백작이 가시 돋친 목소리로 물었다.

날카롭게 째려보는 눈이 무서울 법도 하건만, 자하르는 태연하게 답했다.

“안 어울리셔서요.”

“안 어울리긴 하지. 하지만 내가 널 부른 이유는 이런 모습이나 보여주고자 함이 아니다.”

“하루 외박 정도는 괜찮지 않습니까? 저도 이제 다 컸는데.”

자하르가 자신의 나이를 들먹였다. 자하르는 분명 17세부터 성인으로 인정받는 크란 제국의 기준으로 성인이 맞았다.

다른 때 같았다면 그란데 백작도 이렇게 나무라지는 않았을 것이다.

하지만 지금은 상황이 달랐다.

“흑마법사가 나타났다는 것 너도 잘 알지 않느냐?”

“네, 처음 발견한 것도 저였지요.”

“그런데도 혼자 영지를 돌아다닌다고? 너 또한 습격을 받았다. 지금 영지는 그렇게 안전한 곳이 아니야.”

“그래서 흑마법사들이 어디 있는지는 찾았나요?”

그란데 백작이 입을 꾹 다물었다.

기사들과 병사들을 풀어 영지 내를 샅샅이 뒤졌지만 아직 흑마법사들이 어디 있는지는 찾지 못한 실정이었다. 다행이라면 가끔씩 나타나는 암살자들을 라울이 잡아내고 있다는 것 정도다.

직접 나설까도 생각해 봤지만 그란데 백작은 처리해야 할 업무가 너무 많았다.

갑작스럽게 들이닥친 인파들 때문에 치안 유지에도 신경 써야 하고, 돈의 유입도 너무 많았다.

더군다나 흑마법사들에 의해 죽은 선수들에 대한 보상도 해야 하니 업무량이 장난 아니었다. 오죽하면 서류에 파묻힌 하마르가 쓰러지기 직전에 그란데 백작을 향해 삿대질을 할 정도일까.

그란데 백작은 무겁게 고개를 저을 수밖에 없었다.

"그건 아니다."

"그래서 제가 나간 겁니다."

"그건 또 무슨 소리냐?"

"흑마법사 사냥."

자하르가 하얀 치아를 드러내며 씩 웃었다.

그 의미를 퍼뜩 이해하지 못한 그란데 백작이었다. 하지만 바보가 아닌 이상 어렴풋이 이해한 그 뜻을 완벽히 이해하는 데에는 오래 걸리지 않았다.

그란데 백작의 얼굴이 붉어졌다.

"도대체… 생각이 있는 것이냐?"

쿵—!

벌떡 일어난 그란데 백작이 주먹으로 벽을 두드렸다.

그러자 집무실 전체가 잘게 울렸다. 높게 쌓아져 있던 서류 더미가 우수수 무너졌다.

자하르의 말은 즉, 흑마법사를 제 발로 찾아다녔다는 말이다. 애초에 영지에 잠입해 있던 흑마법사를 찾아낸 것도 자하르였으니 꼭 불가능하지만은 않으리라.

너무 무모한 일이었다. 잘못하면 죽을지도 모른다.

"지금 이게 장난으로 보이느냐?"

자하르는 고개를 저었다.

"그 팔은 흑마법사들에 의해서 다친 거겠지?"

"좀 힘들더라고요."

자하르의 왼팔은 낡은 로브 대신 깨끗한 붕대로 묶여 있었다. 물론 그 전에 치료 마법사에게 치료를 끝낸 후였다.

상처가 꽤 깊어서 치료 마법을 받아도 하루아침에 낫기는 힘들었다. 아마 완전히 회복하려면 치료 마법을 퍼붓는다 하더라도 닷새는 걸릴 것이다.

"후우, 그래. 흑마법사는 뭐하러 찾아갔느냐? 흑마법사들을 찾아냈으면, 기사들에게 연락을 해도 됐을 텐데?"

"혼자 검을 휘두르는 것 보다는 대련이 좋고, 대련보다는 실전이 좋지 않습니까?"

"그래서 실력을 더 키우기 위해서?"

"네."

그란데 백작이 이마를 탁 짚었다.

얼마 전까지만 해도 검이라고는 사족을 쓰던 녀석이다. 그런 녀석이 이제는 조금이라도 빨리 실력을 키우기 위해 목숨을 건 도박까지 한다.

한숨을 푹 내쉰 그란데 백작이 입을 열었다.

"당분간 대회를 제외한 시간 동안에는 근신이다. 영주성 밖은 물론, 연무장도 금지다."

"너무 그러지 말게."

류지 후작이었다. 자하르와 함께 집무실 앞까지 온 뒤 자하르가 그란데 백작과 만나고 있는 동안 잠시 밖에서 기다리고 있던 것이다.

안에서 그란데 백작과 자하르가 나누는 대화를 다 듣고 있었던 류지 후작이었다. 갑작스러운 류지 후작의 방문에 그란데 백작이 당황했다.

"언제 오셨습니까?"

"이 녀석과 같이 왔지. 방금 왔네."

"이 녀석과 같이요?"

그란데 백작이 무슨 소리냐는 듯 자하르를 바라봤다. 자초지종을 설명해 보라는 눈초리였다.

"흑마법사들 다 때려잡고 나서야 유유히 나타나시더라고요."

"그렇게 말하니 내가 꼭 나쁜 놈 같구먼."

류지 후작이 머쓱한 표정으로 답했다. 본의는 아니었지만 결과적으로 틀린 말은 아니었다.

"근처에서 일반적인 마나와는 다른 기운이 느껴져서 한 번 가봤네. 그랬더니 거기에 이 녀석이 있더군."

"류지 후작님이 아니었다면 큰일 날 뻔했군요. 감사합니다."

오해한 그란데 백작이 감사의 인사를 전했다.

류지 후작은 손을 저으며 상황을 자세히 설명했다.

"난 한 게 없어. 이 녀석 말대로 내가 갔을 때에는 흑마법사가 다 쓰러진 후였지. 솔직히 말해서 이런 괴물 같은 녀석은 생전 처음 보네."

대륙 제일검인 류지 후작의 칭찬이었다. 하지만 자하르는 전혀 기쁜 표정이 아니었다.

슬쩍 자하르의 표정을 살핀 류지 후작이 말을 이었다.

"아직 어린 녀석이지만, 이미 자네가 잡고 있을 그릇은 아닌 것 같네. 굳이 근신을 내릴 필요는 없을 듯하군."

"또래에 비해 뛰어나긴 하지만 아직 어립니다. 그리고 말없이 떠난 것에 대해서도 책임을 져야 마땅합니다."

"책임이라……."

류지 후작이 자하르를 손가락으로 가리켰다.

"요놈이 잡아낸 흑마법사가 서른이야. 그 정도 흑마법사를 잡아냈다면 상을 줘야 마땅하지 않나?"

"서른?"

그란데 백작의 눈을 동그랗게 뜨며 물었다.

"사실이냐?"

"그 전에도 열 놈씩 세 번 털었으니, 대충 육십은 될 겁니다."

육십.

영주성을 나가 있는 동안 자하르가 죽인 흑마법사의 수였다.

처음에는 열 명씩 모여 있던 흑마법사들이다. 그렇게 모여 있는 흑마법사들의 지부를 세 군데 찾아냈다.

그리고 오늘 한 군데. 이번에는 삼십 명의 흑마법사가 모여 있었다.

"육십이라… 이쯤 되면 문제가 심각하군."

류지 후작과 그란데 백작의 얼굴이 동시에 굳었다.

육십 명의 흑마법사가 영지에 숨어들어 있었다. 더군다나 정황상 아직 더 남아 있을 확률이 높았다.

선수들을 습격하다가 죽은 인원도 꽤 많을 텐데, 도대체 얼마나 되는 흑마법사가 영지에 숨어들었단 말인가?

"아마 녀석들의 목적은 선수들의 목일 겁니다. 이곳저곳 털면서 보니까, 녀석들이 하는 짓이 대부분 선수들을 암습하기 위한 준비더라고요."

자하르가 품속에 넣고 있던 종이를 꺼냈다.

둘둘 말려 있던 종이를 펴자 영지의 지도가 모습을 드러냈다. 지도에는 두 군데에 붉은 점이 큼지막하게 찍혀 있었다.

그리고 그 주위로는 파란 반점이 군데군데 찍혀 있었다. 그란데 백작은 한눈에 점들의 정체를 알 수 있었다.

"선수들의 숙소로군."

"네, 여기는 라울이, 여기는 베이모드가 지키고 있는 숙소죠. 이 파란 반점들은 아마 선수들이 개별적으로 머물고 있는 곳일 겁니다. 이 녀석들, 아직까지도 선수들을 죽일 생각을 버리지 않았어요."

"으음……."

그런데 백작이 침음성을 삼켰다.

라울과 베이모드가 지키고 있는 가운데 선수들을 죽일 생각을 가지고 있다? 도대체 흑마법사들의 전력이 어느 정도인지 감이 잡히지 않았다.

"걱정 마요. 그렇게 실력있는 녀석들은 없었으니. 라울이나 베이모드라면 문제없을 겁니다."

마스터는 그렇게 호락호락한 존재가 아니다.

엑시드와 마스터의 차이는 천지차이다. 엑시드 수십이 달려들어야 겨우 마스터 한 명을 감당할 수 있다.

두 곳 모두 걱정 없었다. 기사단은 물론, 선수들도 실력이 그리 떨어지지 않으니, 2~3서클 정도의 흑마법사들이 수백 명 몰려가더라도 문제없을 것이다.

"무모한 짓이군."

"왜 이런 짓을 벌이는지 모르겠어, 대회를 망칠 생각이라면 다른 방법도 있을 텐데? 더군다나 대회를 망쳐서 자기들이 얻을 수 있는 득도 없을 테고."

그런데 백작과 류지 후작이 지도를 보며 고개를 갸웃거렸다.

아이작과 자하르의 관계를 알지 못하는 그들로서는 흑마법사들의 이런 행동이 이해가 가지 않았다. 흑마법사의 이런 행동은 득 볼 것도 없는 무모한 행동이었다.

"일단 선수들의 안전은 최우선으로 보장해야 하네. 혹시 모르니 난 흑마법사들의 본거지를 찾아보도록 하지."

　문제의 심각성을 상기한 류지 후작이 굳은 얼굴로 말했다. 그런데 백작도 고개를 끄덕였다.
　"부탁드립니다. 본거지를 발견하시면 바로 연락주십시오."
　"아니, 그럴 필요없네. 내가 그 자리에서 쓸어버릴 테니."

CHAPTER 09
천 년 만의 만남

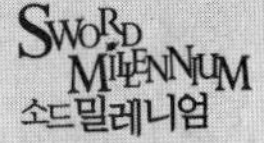

　결국 그란데 백작의 근신령은 흐지부지하게 끝났다.

　육십의 흑마법사를 처리한 데다가 흑마법사들의 목적을 파
악할 단초가 되는 지도를 얻어온 공 덕분이었다.

　물론 영주성 밖으로는 나가면 안 된다는 전제가 떨어졌지만
애초에 자하르는 그럴 생각이 없었다.

　당분간은 말이다.

　내일 본선이 시작하면 다시 경기장으로 향하게 될 것이다.
그리고 그 자리에서 흑마법사들을 상대로 휘두른 검을 복습할
생각이었다.

　휘익―

　눈을 감은 채 자하르가 검을 사선으로 그었다.

어떠한 예기도 느낄 수 없는 검이었다. 너무나도 평범해 검을 막 쥐기 시작한 어린아이도 따라할 수 있을 것 같았다.

하지만 그 속에는 어떠한 검사도 도달하지 못한 묘리가 숨어 있었다.

손끝에서 느껴지는 감각에 자하르가 눈을 떴다.

"그때……."

살짝 뜬 눈으로 자하르가 마지막 싸움을 되새겼다.

자신의 팔에 상처를 입힌 검사. 검술은 형편없었지만 육체적인 능력은 강갑에 버금갈 정도였다.

검으로 베도 작은 상처를 입을 뿐, 치명적인 상처를 입히기 힘들었다. 그렇기에 몇 번을 베어도 계속해서 덤벼들었다.

지금까지 상대 중에서 가장 골치 아픈 녀석이었다.

왼팔에 난 상처는 사실상 상대의 너 죽고 나 죽자 식의 공격 때문이었다.

강갑에 버금가는 몸뚱이를 믿고 달려든 녀석. 그렇게 무식한 녀석은 그리 많지 않았다.

자하르는 피하지 않고 녀석의 공격을 받아쳤다. 아마 그 공격을 두려워해 피했다면 더 큰 상처를 입었으리라.

"그리고 베었지, 단칼에."

무초식은 사물의 결을 벤다.

땅도, 나무도, 철도, 사람도, 세상에 존재하는 모든 것은 무수히 많은 결을 가지고 있었다.

그 결을 베는 것이야말로 무초식이었다.

사실상 눈으로 결을 보는 것은 불가능. 보는 것이 아닌, 감각으로 느낄 수밖에 없었다.

무초식은 어떠한 초식도 없고, 보이는 것보다는 결을 벤다. 이것이 극에 이르면 목검으로 바위를 베는 것도 가능했다.

"강갑… 벨 수 있을 것 같아."

자하르가 검을 꽉 움켜쥐었다.

＊　　　＊　　　＊

으드득—

이빨이 부서지도록 가는 소리다.

흑마법사들의 지부장 알튼의 화는 극에 달해 있었다.

눈 뜨고 코 베인 격이었다. 서른 명씩 모여 있던 흑마법사들이 또 당했다.

"도대체… 누구냐!"

뿌드드득—

화가 난 알튼의 주위로 흑마나가 소용돌이쳤다. 그의 주먹이 올라가 있는 탁자가 서서히 부식되었다.

그 모습을 지켜보던 부 지부장은 가만히 입을 다물었다. 지금 괜히 입을 놀렸다가는 죽을지도 모른다.

"남은 전력이 얼마나 되지?"

"흑마법사가 칠십, 암살자가 백 십, 암흑검사가 여덟입니다."

부 지부장은 바짝 긴장된 어조로 대답했다. 알튼의 심기가 나아질 때까지 최대한 눈치를 봐야 할 판이었다.

전력 자체는 상당했다. 암흑검사는 한 명 한 명이 일반적인 엑시드를 능가하는 힘을 가졌고, 흑마법사들과 암살자들 역시 그리 약하지 않았다.

"흉수는 알아 봤나?"

"휴, 흉수 말입니까?"

"그래! 우리 지부를 습격하고 다니는 새끼 말이야!"

부 지부장이 당황한 표정을 지었다.

사실 아직까지 알아낸 바가 없었다. 생존자도 없고, 추격에 능한 인력도 없었다. 무언가를 알아내고자 해도 습격 후에 워낙 감쪽같이 사라지니 알아낼 수가 없다.

하지만 지금 당장 알아낸 것이 없다고 대답하면 그대로 목이 달아날 것이다.

부 지부장의 머리가 맹렬히 회전했다. 무언가 그럴싸한 대답을 해야 했다.

그때 부 지부장의 머릿속에 한 가지 정보가 떠올랐다.

"류, 류지 후작이 아닐까 합니다."

"류지 후작?"

"예, 류지 후작가의 손자가 이번 대회에 나왔다고 합니다. 그 이유만이 아니더라도 그란데 백작가에 심어놓았던 녀석이 발각됐으니, 이번 대회에서 경각심을 가지고 그란데 백작이 류지 후작을 초청했을지도 모르죠."

"그래서 이번 일이 류지 후작의 소행이라는 거냐?"

"그럴 확률이 높다고 봅니다."

그럴싸한 대답이었다. 게다가 류지 후작은 특히나 혼자 움직이는 것을 좋아하는 인물이었다.

습격당한 지부를 살펴보면 다수가 한 명을 상대한 흔적뿐이었다. 결국 상대는 한 명이라는 뜻이다.

류지 후작 정도면 흑마법사들을 가려낼 수 있을 터. 흑마법사들의 존재를 눈치챈 그가 자신들을 공격했다고 하면 아귀가 잘 들어맞는다. 실력도 충분하고 말이다.

"류지 후작이라… 흉수가 그라면 보복은 힘들겠군."

괜히 대륙 제일검이 아니다. 위에서도 류지 후작을 조심하라는 말이 내려질 정도로 위험인물이었다.

흉수를 류지 후작이라고 단정시켜 버린 알튼은 차차 안정을 되찾았다. 그러나 이번 일을 제대로 처리하지 못하면 자신의 목이 떨어질지도 모르니, 어떻게든 일을 성사시켜야 한다.

"그란데 백작가에 우리 사람들을 심어 놓았었나?"

알튼이 눈을 반짝였다.

부 지부장이 바로 대답했다.

"네, 아무래도 치료 마법사로 위장시켜서 잠입시킨 모양입니다. 반년 전쯤에 신분을 들키고 죽었지만요."

"그래?"

알튼의 얼굴이 처음으로 웃음기가 번졌다.

"좋아, 1차 본선이 끝나는 모레, 당장 숙소를 공격한다."

"내일 당장 말입니까?"

"그래."

"좀 힘들지 않을까요? 그란데 백작가의 기사들도 지키고 있는데다가, 선수들도 그리 약하지 않은데……."

부 지부장이 조심스레 물었다.

자신들의 전력 역시 약하지 않으나 상대는 그란데 백작가의 기사들이었다.

괜히 검가라는 이름이 붙은 것이 아니었다. 그란데 백작가에는 영주인 그란데 백작을 제외하고도 마스터가 둘이나 더 있었다.

아마 강갑에 오른 기사들도 몇몇 있을 것이다. 엑시드에 오른 기사들이야 말할 것도 없다.

더군다나 선수들도 있지 않은가. 아무래도 이대로 싸우기는 힘들어 보였다.

하지만 부 지부장의 우려와는 달리, 알튼은 무척 여유로워 보였다.

"걱정 마."

알튼이 결국 킥킥거리며 소리 내어 웃었다.

"그란데 백작가의 기사들은, 아무런 힘도 못 쓸 테니까."

*　　　*　　　*

패자부활전을 끝으로 예선전도 함께 끝이났다.

다음 날 드디어 본선이 시작되었다. 이른 아침부터 경기장의 좋은 자리를 찾아온 인파가 북적였다.

자하르는 그란데 백작과 함께 일찍 길을 나섰다. 덩치가 큰 마차를 타고 갔는데, 그 안에는 류지 후작과 오웬 백작, 그리고 루센도 함께였다.

경기장에 도착하자 아직 시작도 하기 전인데도 시끌벅적했다. 많은 군중들을 다루기 위해 병사들이 나서 혹시 모를 사고를 방지했다.

경기가 시작되기 전, 자하르와 루센에게 경기의 대진이 전해졌다. 본선은 총 128명의 선수로 이루어져 있었다.

각각 1조와 2조로 배정된 선수들. 루센은 1조였고, 자하르는 2조였다.

"테오도르와는 준결승에서 붙겠군."

대진표를 따라가던 자하르의 눈이 준결승에서 멈췄다. 중간에 떨어지지 않는다는 가정하에 테오도르와는 준결승에서 맞붙게 된다.

"난 란타스와 준결승에서 붙는군."

루센의 표정에 진한 아쉬움이 남았다.

하필이면 란타스와 루센이 같은 조였다. 란타스를 이기지 않는 이상 루센이 자하르와 만날 일은 없었다.

두 시간 정도 시간을 축이고 있자 이내 대회가 시작했다. 예선 때보다도 훨씬 뜨거워진 열기가 관중석에서부터 전해졌다.

"와아아아―!"

"빨리 시작해!"

관중석에서 끊임없는 환호성이 터져 나왔다. 흑마법사들 일로 한동안 시끄러웠던 분위기였지만, 대회에 대한 열기는 식지 않고 오히려 더욱 뜨거워졌다.

라울이 경기장 위로 올라왔다. 마나를 담은 외침이 관중들의 함성을 뚫고 선수들의 이름을 호명했다.

역시나 자하르는 선수 관람석에 앉아서 경기를 지켜봤다. 오늘은 1조의 경기로 루센이 선수로 나가기에 혼자 구경할 수밖에 없었다.

'예선보다는 나은가?'

첫 번째 경기가 시작되었다.

두 명의 기사는 화려한 아지랑이를 피워 올리며 수준 높은 검술을 구사하고 있었다.

엑시드 역시 꽤나 수준이 깊은 듯 아지랑이가 무척 선명했다. 관중들은 눈이 어지러울 정도로 뛰어난 검술과 기사들을 더욱 화려하게 꾸며주는 엑시드에 열광했다.

예선에서는 사실상 같은 엑시드끼리 부딪히지 않는 한 엑시드를 사용할 일이 그리 많지 않았다. 그렇기에 엑시드끼리의 싸움은 예선에서 몇 없었던 일이다.

한 경기가 거의 삼십 분에서 한 시간 정도 걸렸다. 예선을 통과한 만큼 쟁쟁한 선수들이 많았다.

이윽고 루센의 차례가 가까워졌다. 그때까지만 해도 별 생각 없이 졸린 눈으로 보던 자하르가 경기에 집중하기 시작했다.

"여기 앉아 있었느냐?"

자하르는 익숙한 목소리에 고개를 돌렸다.

비어 있는 루센의 자리로 류지 후작이 와 앉았다.

"어쩐 일입니까?"

"손자 녀석 경기 보러왔지. 네놈에게는 떨어질지 몰라도 저 녀석 재능도 알아줘."

류지 후작이 천천히 경기장 위로 걸어 올라오는 루센을 보며 답했다.

자하르 역시 공감의 의미로 고개를 끄덕였다.

루센 역시 백 년에 한 번 태어날까 말까 한 천재임에는 확실했다. 전생에서 날고 긴다하는 검사들도 루센의 나이에 저만한 성취는 이루지 못했다.

이대로만 간다면 서른이 되기 전에 마스터에 오를지도 모르는 일. 지독한 노력파에다가 자만하지 않을 경쟁 상대인 자하르도 있으니 그 시간은 더욱 단축될지도 모르는 일이었다.

"후작님이 보기에 루센의 정확한 실력은 어느 정도입니까?"

"아직 강갑은 아니야. 그래도 검술은 부쩍 늘었어. 얼마 전까지만 해도 검술은 쳐다보지도 않던 녀석이었는데, 어느 순간 검술에 집중하더니 엄청 늘기 시작했어. 내게 본격적으로 검술을 배우기 시작한 것이 고작 반년인데, 그 짧은 사이 베르하 검술을 상당한 수준으로 익혔지."

류지 후작이 때 아닌 손자 자랑을 늘어놓았다.

그에 자하르는 고개를 끄덕이며 팔짱을 꼈다.

'베르하 검술?'

생각해 보면 루센의 검술을 제대로 본 적이 없었다.

일정한 초식이 있다기보다는, 검술 자체에 녹아 있는 쾌검의 특성을 이용한 검이 대부분이었기 때문이다.

'이번에 볼 수 있을지도 모르겠군.'

그란데 백작가의 검술은 판타즘 검술이었다.

전생의 자하르가 창안한 검술. 그것이 천 년을 거슬러 올라온 것이다.

그러다 문득 우스개 생각이 하나 들었다.

'진짜 일곱 가문 다 내 검술을 쓰고 있는 거 아냐?'

자신도 모르게 키득하고 웃음이 나올 만한 상황이었지만 설마 싶어서였다.

뛰어난 검술을 가진 가문이 그 영향력을 강해진 것은 무척 당연한 수순이었다. 아마 류지 후작가 역시 자하르가 창안한 검술을 사용한다면 그것을 좀 더 확실히 알 수 있으리라.

"…그럼, 한 번 봐볼까?"

*　　*　　*

푸캉―! 채챙―

루센의 검과 상대 기사의 검이 어지럽게 얽혀들었다.

두 사람 모두 몸에서는 엑시드를 끌어 올린 채였다. 상대 기사 역시 한 지방 영지의 기사단장으로, 실력이 상당히 출중했다.

하지만 전체적인 실력은 역시 루센이 위였다. 날카롭게 파고드는 검술은 상대 기사의 몸을 에워싸고, 사각을 파고들었다.

쐐애액—

루센의 검이 사각을 노리고 아래에서 위로 찔러왔다. 미처 아래를 보지 못한 기사는 황급히 뒤로 몸을 빼느라 중심이 휘청거렸다.

"윽."

샤샤샥—

루센의 검이 사방에서 찔러왔다. 쾌속한 찌르기와 검의 회수는 베르하 검술이 가장 자랑하는 것이었다.

기사는 날렵한 몸놀림으로 루센의 찌르기를 피했다. 순식간에 열 번 가까이 찔러온 검이지만 엑시드를 사용하는 기사 역시 반사 신경이 무척 뛰어났다.

황급히 뒤로 물러나 정비를 하고자 한 기사였다. 그때 기사의 가슴팍에서 길게 피가 튀었다.

촤악—

꽤나 깊게 베인 듯 기사가 몸을 휘청거렸다. 그 짧은 틈 사이로 루센이 달려들어 검을 겨눈다.

그러자 라울이 달려와 루센의 손을 높게 들었다.

"승리!"

“와아아아아—!”

관중 사이에서 우렁찬 함성이 터져 나온다.

지방 영지에서 올라왔다고 하나 상대 기사 역시 이름 꽤나 알려진 기사였다. 그 실력은 루셴의 전 상대였던 프리오는 비교도 되지 않을 정도다.

그런 상대를 루셴은 큰 무리 없이 이겨냈다. 어린 나이의 검사, 실로 초신성의 등장이었다.

“어떠냐? 내 손자도 꽤 하지?”

루셴의 경기를 지켜본 류지 후작이 히죽 웃으며 물었다. 자하르는 고개를 끄덕이며 속으로 이 가족들은 다 아들 바보에 손자 바보인가 하고 생각했다.

“베르하 검술이라…….”

자하르가 황당함에 헛웃음을 들이켰다.

베르하 검술은 기본적으로 쾌검을 바탕으로 하되, 상대의 사각을 노리는 검술이었다. 쾌속한 찌르기와 그 틈을 노리는 회심의 일 검은 자하르에게 무척 낯익은 검술이었다.

‘…저것도 내 검술이잖아.’

설마하며 했던 생각이 정말일 가능성이 농후해지는 순간이었다.

이렇게 되면 검가의 검술 모두가 카르안이던 시절에 만들어 낸 검술일 확률이 더욱 높아졌다. 그렇다고 하기엔…….

“…발전이 없어요.”

자하르가 혀를 차며 고개를 젓자 류지 후작이 물었다.

“응? 발전이 없어? 루센이 말이냐?”

날카롭게 비수가 박힌 말.

자하르가 황급히 고개를 저었다.

“저 녀석 말고요.”

“그럼?”

“그런 게 있습니다.”

천 년이라는 시대를 거슬러 왔건만 대륙의 최고라고 할 수 있는 검가의 검술이 결국은 자신이 만든 검술이었다. 더군다나 그 검술마저도 온전치 않았다.

결국 답보는커녕 검술의 질이 전체적으로 퇴보한 것이다. 그러니 실망이 이만저만이 아닐 수밖에.

“그보다 어떻게 됐습니까? 흑마법사들이 숙소를 공격할 것을 알았으면 대처도 했겠죠?”

“대처라고 할 것이 있나? 그란데 백작가의 기사들이 지키고 있는데.”

“라울이나 베이모드는 믿을 만하죠. 그래도 만약이라는 것이 있지 않습니까?”

흑마법사들은 여러 수법을 이용한다.

그중에는 흑마법을 이용한 치사한 수법도 있었다. 만반을 기울인다 하더라도 일말의 긴장을 늦추면 안 되는 상대가 바로 흑마법사들이다.

이 시대의 사람들은 그 점을 간과하고 있었다.

“2조의 숙소는 저와 라울이 있으니 걱정하실 필요없고, 후작님은 1조의 숙소를 맡아주세요. 거긴 루센 녀석도 있으니."

"허, 마치 네가 흑마법사들을 다 처리하겠다는 듯이 말하는 구나."

"수에 따라 다르겠지만 설마 백 명이 넘으려고요."

*　　*　　*

그 후의 경기는 뻔했다.

란타스는 일 검에 상대 선수를 쓰러뜨려 경기장을 경악케 했고, 그 외의 다른 경기들은 대부분 수준이 고만고만했다.

다음 날 경기 역시 자하르가 올라갔다. 눈에 띄는 점이라면 란타스와 똑같은 자세에서 상대에게 똑같은 상처를 입혔다는 것이다.

이전의 복수를 한 것이다. 자하르는 후련한 마음으로 경기장을 나섰다.

테오도르는 오늘도 상대를 농락하는 경기를 보였다. 다행이라면 상대 선수 역시 엑시드에 오른 기사라 이전처럼 금방 끝나지는 않았다는 것이다.

대회가 끝나자 경기를 구경하던 많은 인파가 경기장을 빠져나갔다. 선수들은 숙소로 향하거나 함께 온 일행을 찾아갔다.

대부분의 선수들과 관중들이 경기장을 빠져나갔다. 루센은 아직까지도 자리에 앉아서 기다리는 자하르에게 다가와 물었다.

“안 갈 거냐?”

“먼저 가라.”

자하르는 일어날 생각을 안했다. 루센이 고개를 갸웃거렸다.

“무슨 일 있나?”

“나는 없는데, 저쪽에서 있는 것 같아서.”

자하르가 고개를 까닥이며 한쪽을 가리켰다.

경기장 위로 한 명의 사람이 올라왔다. 기다란 장검을 허리춤에 맨 남자, 란타스였다.

루센이 그를 보며 얼굴을 굳혔다.

아직 확인된 바는 없지만, 자하르의 말로는 란타스가 마스터라고 했다. 실제로 대회에서도 실력있는 기사를 일 검에 죽이는 등, 뛰어난 실력을 보이기도 한다.

알아본 바에 의하면 신원은 프랑크 왕국의 유명 귀족가의 기사였다. 신원은 의심할 것 없지만, 루센은 자꾸만 위험한 느낌이 들었다.

“가봐. 얘기 좀 하다 가게.”

“괜찮겠어?”

“뭐가? 설마 날 죽이기라도 하겠어?”

철컥―

자하르가 검을 검집째 위로 들어올렸다.

“그리고 쉽게 당할 것도 아니고.”

“음……”

루센이 란타스와 자하르를 번갈아봤다. 란타스는 경기장 위로 올라가 자하르를 빤히 바라보고 있었다.

"모르겠다. 알아서 해라. 네 말대로 저 녀석이 널 죽이지도 않을 테고."

"뭐, 그건 모르는 일이지."

자하르가 자리에서 일어났다.

루센이 자하르의 어깨를 툭툭 두드리고 경기장을 나섰다. 느낌상 자하르가 란타스와 둘만의 시간을 원한다는 것을 알 수 있었다.

루센이 경기장을 빠져나가자 넓은 원형의 경기장에 남은 사람은 자하르와 란타스뿐이었다.

자하르는 선수 관람석에서 내려왔다. 란타스가 경기장 위로 올라오는 자하르를 보며 반갑게 인사했다.

"초면은 아니지?"

뚜벅—

자하르가 란타스와 열 걸음 정도 떨어진 곳에서 걸음을 멈췄다.

"두 번 봤지, 아마."

"오늘 경기 인상적이었어. 설마 그대로 돌려받을 줄이야."

"받은 게 있으면 가는 것도 있어야지. 그게 세상 사는 법 아니겠어?"

자하르가 어깨를 으쓱이며 말을 받았다.

장난스럽던 란타스의 눈동자가 착 가라앉았다. 오히려 착 가라앉은 눈동자가 지금까지의 분위기보다는 보라색 머리와 잘 어울렸다.

자하르 역시 그에 맞춰 분위기를 가라앉히며 물었다.

"나에게 무슨 볼일이지?"

"딱히 볼일이 있었던 건 아니야."

스르릉—

란타스의 장검이 맹수의 송곳니처럼 울었다.

"우리 같은 놈들에게 볼일은 이거 하나뿐이지."

"역시 기대를 저버리지 않는군."

스릉—

자하르가 활짝 웃으며 허리춤에서 검을 뽑았다.

두 사람의 검이 동시에 뽑혔다. 두 마리의 맹수가 이빨을 드러내듯, 날카로운 검신이 모습을 드러냈다.

"원래라면 너와 결승에서 붙었겠지?"

란타스가 검을 겨누며 물었다.

자하르는 고개를 끄덕였다.

"그렇겠지."

"그렇게 말하는 걸 보면, 테오도르라는 녀석을 이길 자신이 있나 보군."

"그런 녀석에게 지면 쓰나?"

얼마 전이라면 몰라도 무초식에 익숙해진 지금은 테오도르 정도에게 지지 않을 자신이 있었다.

눈앞의 란타스라면 몰라도 말이다.

‘지금 그걸 확인해 봐야지.’

질질 끌지 않아서 좋다.

애초에 결승에서 만나게 될 상대. 기간을 앞당겨 지금 당장 붙는다면 그것도 나름대로 재미있으리라.

“후욱—”

숨을 깊게 들이쉰 자하르가 몸에서 황금색의 아지랑이를 피워 올렸다.

처음부터 엑시드를 사용하고 전력으로 간다. 마스터인 란타스를 상대하려면 엑시드를 사용하지 않고서는 힘들었다.

“엑시드라… 그거라면 예전에 졸업했지.”

우우웅—

란타스의 몸에서 아지랑이가 들끓었다. 어마어마한 양의 아지랑이가 피어오른다.

자하르의 엑시드가 초라하게 느껴질 정도. 그 모습을 보며 자하르가 쓴웃음을 지었다.

‘하긴, 애초에 신체적 열세나 마나의 양은 기대도 안했지.’

검을 쥔 손이 축축해졌다.

바람 앞의 촛불 같은 느낌이다. 마스터를 눈앞에 둔 엑시드가 이런 느낌인줄 처음 알았다.

먼저 검을 날린 사람은 자하르였다.

탁—

쉬이익—

가볍게 지면을 박찬 자하르가 란타스의 앞으로 나타났다.

팔을 크게 휘둘러 뻗은 내려치기가 란타스의 검에 막혔다.

쩌엉—!

귀를 짜르르 울리는 파공성이 터졌다. 검과 검이 부딪히며 생긴 소음이었다.

란타스의 눈이 휘둥그래졌다.

"정말 엑시드 맞아? 잘 막네?"

란타스의 검은 무거웠다. 일반적인 엑시드의 검과는 비교도 되지 않을 정도였다.

당연한 일이었다. 란타스는 마스터였다. 기본적인 신체 능력이 인간의 탈을 훌쩍 뛰어넘은 초인인 것이다.

쉬익—

란타스의 검이 자하르의 왼쪽 겨드랑이를 관통했다. 정확히 심장을 노린 살수였다.

촤아아—

황급히 뒤로 물러난 자하르의 발이 바닥을 긁었다. 섬뜩한 느낌에 등골이 다 오싹했다.

'날 죽이려고 하고 있어?'

란타스 딴에는 숨긴다고 했지만, 마지막 검에서 확실히 느낄 수 있었다.

란타스의 검에는 살기가 있었다.

'무슨 이유인지는 모르겠지만… 목숨 걸고 싸우는 거라면 나도 한 싸움 하지.'

파악—

자하르가 순식간에 란타스의 품으로 파고들었다. 쾌속한 움직임이지만 란타스의 눈에는 한없이 느리게 보이는 듯, 여유롭게 반응한다.

쩡—!

횡으로 베어오던 자하르의 검이 허공으로 붕 떴다. 힘이나 속도에 있어서 자하르는 란타스에게 상대가 되지 않았다.

쫘악—

자하르의 다른 한 손이 손잡이를 쥐었다.

양손으로 쥐어 날아가는 검을 잡아낸 것이다. 한 손으로 부족한 힘을, 양손으로 채워냈다.

자하르의 검은 끊어지지 않았다. 마치 처음부터 하나의 동작인 것처럼 날아간 검이 바로 내려왔다.

쉬이이익—

란타스의 품으로 파고드는 하나의 절초!

예상외의 공격에 란타스가 당황했다.

쩌정—!

란타스의 검 끝이 자하르의 검을 밀어냈다. 살짝 팅기듯 밀린 자하르가 연이어 공격을 퍼부었다.

채챙— 카카캉캉—!

카드득—

란타스가 계속해서 뒤로 밀렸다. 잃어버린 중심을 찾아야 하는데, 그걸 그냥 두고 볼 자하르가 아니었다.

검이 쉴 틈 없이 몰아친다. 교묘하게 사각을 파고들고, 중심을 헤집어 놓는다.

긴 장검을 제대로 활용하지 못하게끔 최적의 거리를 유지하고, 계속해서 따라붙었다.

더군다나 공격 하나하나가 전력을 다한 것처럼 위력적이었다. 아무리 중심을 잡지 못한 상태라지만, 마스터인 란타스가 힘으로 밀리고 있을 정도였다.

그때 인상을 팍 찌푸린 란타스가 긴 장검을 크게 휘둘렀다.

후웅—

콰앙—!

란타스의 검과 자하르의 검이 부딪히며 거대한 폭음을 만들었다. 지금까지와는 비교도 되지 않는 위력에 자하르의 몸이 크게 휘청거렸다.

"큭."

다시금 란타스에게로 달려들고자 준비하던 자하르가 멈칫했다. 란타스의 검에서 푸른색의 선명한 아지랑이가 피어오르고 있었다.

'오러.'

란타스의 검에 선명하게 피어 있는 아지랑이는 분명한 오러였다.

엑시드가 신체의 강화판이라고 한다면, 오러는 검의 강화판이다.

검술이 아무리 떨어져도, 굳이 무초식을 사용하지 않더라도 오러만 있다면 강철을 부드럽게 썰어버릴 수 있다. 또한 오러는 상대의 몸속에 자신의 마나를 침투시켜 내상을 입힌다.

검사에게 있어서 오러는 꿈의 경지였다. 마스터의 징표이니 말이다.

'아직 각성은 못한 것 같지만… 골치 아프군.'

아무리 검술이 뛰어나도 오러는 어떻게 상대할 방법이 없었다.

일단 무기 자체가 버티질 못할 것이다. 최대한 조심한다 치더라도 충격이 누적되면 결국 부러지고 말 것이다.

최대한 검을 부딪치지 않고 싸워야 한다.

"생각이 많아졌나?"

란타스가 히죽 웃으며 허공에 검을 휘둘렀다. 그러자 오러가 허공에 뿌려지며 아름다운 곡선을 그렸다.

자하르는 어깨를 피고 답했다.

"생각이 많은 편은 아니라서."

콰드득—

경기장의 바닥이 움푹 파였다. 지면을 쾅, 박차며 자하르가 란타스를 향해 몸을 쏘았다.

란타스가 다가오는 자하르를 향해 오러를 뿌렸다. 자하르는 최소한의 움직임으로 란타스의 긴 장검을 피하며 접근했다.

우우웅—

뿌려진 오러가 자하르를 덮쳤다. 검은 피했지만, 오러의 잔재는 피할 수 있는 성질의 것이 아니었다.

'큭.'

자하르가 속으로 침음성을 삼켰다.

오러의 잔재가 속을 헤집어 놓고 있었다. 극에 오른 감각으로 검은 어찌 피한다지만, 오러의 잔재를 막기 위해서는 강갑이 아니고서는 힘들었다.

오러를 뚫고 들어간 자하르가 결국 란타스의 품에 파고드는 것에 성공했다. 검 한 번 내지르지 않고 파고든 자하르의 행동에 란타스가 적지 않게 당황했다.

"후웁—!"

자하르가 숨을 깊게 들이쉬더니 검을 빠르게 내질렀다. 정확히 심장을 노린 살수였다.

쐐애액—

란타스가 몸을 틀어 자하르의 검을 피했다. 근접한 거리에서 찔러온 회심의 찌르기가 란타스의 팔을 가늘게 베었다.

스윽—

란타스의 왼팔에 주륵, 피가 흘렀다. 상처를 입은 왼팔이 꿈틀거렸다.

"이 자식……."

란타스의 표정이 험악하게 물들었다. 아직 강갑에도 오르지 못한 자하르에게 상처를 입었다는 생각에 자존심이 상했다.

란타스의 움직임이 분주해졌다. 몸을 푹 숙이고 파고든 자하르를 향해 란타스가 검을 내려쳤다.

콰지직—

콰쾅—!

란타스의 검이 자하르를 아슬아슬하게 빗겨갔다. 땅을 후려 친 란타스의 검이 경기장의 바닥을 박살 냈다.

오러가 폭발하며 바닥이 움푹 파였다. 정면으로 맞는다면 아마 살아남지 못하리라.

'섬뜩하군.'

바로 앞에서 오러가 폭발하는 장면은 그야말로 장관이었다. 강갑을 두르지 않는 이상, 한 방에 몸이 난자되어 죽는다 해도 이상할 것이 없다.

자하르는 멈추지 않고 검을 수직으로 뉘었다. 크게 검을 휘 두른 만큼 란타스는 빈틈이 있었다.

그때였다.

후웅—

"허엇."

자하르의 목 언저리를 란타스의 검 끝이 스치고 지나갔다. 목이 살짝 따끔거렸다.

'큰일 날 뻔했군.'

반사적으로 머리를 뒤로 젖혔기에 망정이지, 그렇지 않았다 면 목이 베일 뻔했다. 도대체 언제 움직였는지 란타스의 검이 제대로 보이지도 않았다.

분위기가 반전되었다. 상처를 입은 란타스가 맹공을 퍼붓기 시작한 것이다.

콰과과과과—!

후우웅—

자하르는 몸을 이리저리 흔들어 란타스의 검을 피했다. 가끔은 아슬아슬 섬뜩할 정도로 스치고 지나가는 검도 있었다.

'빠르다.'

루센의 검과는 비교도 되지 않을 정도였다. 검을 피하고 있는 것도 보고 느낀다기보다는 직감에 의존한 것이었다.

콰앙―!

"큭."

자하르가 검을 들어 우측에서 휘둘러오는 란타스의 검을 막았다. 그와 동시에 오러가 폭발하며 자하르의 몸이 크게 휘청거렸다.

단순히 검을 맞대지 않고 피하기만 하기가 힘들었다. 란타스의 검은 그만큼 빨랐다.

'위험하다.'

단순히 검을 피하기만 하더라도 란타스의 오러가 몸에 쌓이며 내상을 자극했다. 지금도 힘들 지경인데 점차 몸을 정상적으로 움직이기도 힘들어지고 있었다.

콰앙―! 쩌저저정―!

순식간에 자하르의 검과 란타스의 검이 십여 번 부딪혔다. 피할 수 없는 공격인지라, 어쩔 수 없이 막을 수밖에 없었다.

그 와중에도 최대한 검이 부러지지 않도록 신경을 썼지만 이미 한계였다.

'부러진다.'

자하르가 휘둘러오는 란타스의 검을 향해 검을 가져갔다.

쉬이익—

쩌저저저정—

자하르의 검이 산산조각이 났다. 조각조각 난 파편이 란타스를 향해 튀었다.

의도한 바였다. 검이 부딪히는 순간 란타스에게로 파편이 튀게끔 검을 휘두른 것이다.

"큭."

파편이 얼굴이 뿌려지자 란타스가 잠시 주춤거렸다. 강갑을 사용하고 있는 상태였다지만 눈까지 보호할 수 있는 것은 아니었다.

미련없이 검을 버린 자하르가 뒤로 몸을 내뺐다.

'이제 어떻게 해야 하나.'

무기가 없어졌다. 검이 없는 이상, 뭔가를 해볼 방법이 없었다.

주먹질도 꽤 배웠긴 하지만 검이 있는 것과 없는 것의 차이는 크다. 아직 자하르는 검이 필요없는 경지까지 올라가지 못했다.

'응?'

란타스의 다음 공격을 걱정하던 자하르가 이상한 낌새를 눈치챘다.

란타스가 더 이상 다가오지 않고 있었다. 어찌 된 일인지 몰라 자하르가 어리둥절한 표정을 지었다.

"다음에 보도록 하지."

란타스가 검을 아래로 늘어뜨렸다. 자하르가 고개를 갸웃거리며 물었다.

"왜지?"

"더 했다가는 내 목이 먼저 떨어질 것 같아서."

란타스의 시선이 한쪽으로 돌아갔다.

자하르의 시선이 자연스럽게 란타스의 시선을 좇았다.

'류지 후작?'

경기장의 관람석에서 류지 후작이 서 있었다. 언제부터 보고 있던 것인지, 검을 뽑을 준비를 하고 있었다.

*　　*　　*

란타스가 경기장을 빠져나갔다. 류지후작과 자하르는 그런 란타스의 뒤를 쫓지 않았다.

"괜찮으냐?"

류지 후작이 자하르에게 다가왔다. 자하르는 손잡이만 남은 검을 보며 대답했다.

"이것만 빼면요."

"흠, 심했군. 단순한 대련은 아닌 모양이야."

"살기까지 풀풀 날리는 게 대련입니까? 실전이지."

워낙 퉁명스럽게 말하는 터라 류지 후작은 반쯤 장난으로 받아들였다.

'란타스… 흑마법사들의 주구인가?'

자하르가 눈살을 찌푸리며 란타스가 나간 자리를 바라봤다.

란타스는 분명 자신을 죽이고자 했다. 별다른 원한이 있는 것도 아닐 텐데 말이다.

신원이 확실하다고 해도 흑마법사들이라면 선수를 바꿔치기 해도 이상할 것이 없다. 물론, 걸리는 점이 너무 많았다.

'흑마법사들이 란타스 정도의 검사를 키웠다고 보기는 힘든데… 설혹 키웠다고 치더라도, 다른 녀석들과는 달리 오러가 푸른색이야.'

복잡한 생각이 떠오르자 자하르는 고개를 휘휘 저었다. 어차피 지금 생각해 봤자 풀리지 않을 답이다.

자하르가 경기장의 한쪽으로 부러진 검을 휙, 집어던졌다. 경기 때 쓰고자 들고 온 평범한 검이었으니 부러졌다고 해서 별 미련은 없었다.

류지 후작이 혀를 끌끌 차며 중얼거렸다.

"마스터라, 어려 보이는데 대단하군."

"그러게요."

란타스는 아직 젊다.

얼굴만 보면 아직 서른도 채 되어 보이지 않았다. 류지 후작이 마흔 가까이 되어서 마스터에 오른 것을 생각하면 그야말로 엄청난 성취였다.

"루센도 루센이지만, 너랑 저 녀석도 괴물이구나. 특히 네놈은… 열여덟 살짜리가 마스터랑 그렇게 싸워? 이거 미친놈일세."

"속마음은 좀 담아두시지 그러세요?"

"아무튼 괜찮으냐?"

내상을 말하는 것이리라.

자하르는 배를 쓰다듬으며 대답했다.

"괜찮아요. 최대한 흘려보내려고 노력했으니까. 몇 시간 정도 마나로 헤어진 속을 정리하면 멀쩡할 겁니다."

큰 부상은 없었다.

내상이 조금 있긴 했어도 금방 다스릴 수 있을 것이다. 아마 밤이 깊기 전에는 완치 될 수 있으리라.

"그나저나 프랑크 왕국에 항의를 하든지 해야겠군. 경기도 아니고, 마스터나 되는 기사가 오러까지 사용하면서 상대를 위협해?"

류지 후작의 음성이 노성이 담겼다. 란타스가 프랑크 왕국 출신의 기사이니, 그쪽에 항의를 할 수 있을 것이다.

"됐습니다. 서로 합의하에 한 대련이에요."

"그래도 오러를 사용했다는 건 상대에게 위해를 끼치는 일이다. 같은 마스터가 아니고서는 오러를 상대할 때 당연히 부상을 입을 수밖에 없어. 하수를 상대할 때는 적당히 봐주면서 할 줄도 알아야지 말이야."

하수라는 말에 자하르의 미간에 깊은 주름이 잡혔다.

인상을 찡그리며 자하르가 대꾸했다.

"다음에는 안 질 겁니다."

*　　　*　　　*

　그런데 백작가의 제1기사단은 자하르가 머물고 있는 숙소를 지키고 있었다. 자하르는 밤이 깊을 때까지 숙소에서 내상을 다스렸다.

　해가 완전히 질 무렵에 자하르는 내상을 완전히 다스릴 수 있었다. 숙소를 나선 자하르가 기사들 사이에서 라울을 발견하고는 다가갔다.

　라울이 자하르를 향해 고개를 숙였다.

　"오셨습니까?"

　"숙소에 머물지 않고, 개별적으로 활동하는 선수들도 있는 모양이던데. 위험하지 않나?"

　"이미 한 차례 경고를 한 후입니다. 저희의 보호를 받지 않겠다고 통보해 왔으니 책임을 질 필요는 없습니다."

　"그래?"

　테오도르를 포함한 몇몇 선수가 숙소에 머물지 않고 개별 활동을 하고 있었다. 물론 대부분의 선수는 숙소에 머물며 그란데 백작가의 기사들의 보호를 받고 있지만 말이다.

　란타스 역시 개별적으로 행동했다. 어디서 숙식을 해결하는지는 몰라도, 아마 프랑크 왕국에서 함께 온 일행이 있으리라는 것이 류지 후작의 생각이었다.

　"게다가 그들은 저희의 보호를 거절할 만큼 스스로 지킬 역량이 있을 겁니다. 이름있는 귀족가의 기사라거나 스스로의 실력에 자신이 있거나 하겠죠."

"뭐, 테오도르나 란타스 정도 되는 녀석들이면 혼자 다녀도 되긴 하겠지."

자하르는 납득하고 고개를 끄덕였다.

"흑마법사들은 언제쯤 오려나……."

"오지 않을지도 모르는 일입니다. 지도 한 장으로 속단하기에는 이르지 않습니까?"

라울은 그란데 백작에게서 자하르가 가지고 온 지도에 대해서 전해 들었다.

그것을 통해 흑마법사들의 목적이 선수들의 목숨일 확률이 높다는 것을 알 수 있었다. 하지만 그 말대로 확신하기에는 아직 이른 일이었다.

"아니, 분명 올 거다."

반면, 자하르는 확신하고 있었다.

아이작을 비롯하여 흑마법사들의 성향을 두고 본다면 분명 자신을 죽이는 일에 최우선으로 생각하고 있을 테니 말이다.

라울은 근거를 알 수 없는 자하르의 확신에 고개를 갸웃거렸지만 묻지는 않았다.

오지 않으면 그만이고, 자하르의 말대로 온다고 쳐도 죽일 뿐이다. 바뀌는 건 없다.

"응?"

그때 자하르가 흠칫 몸을 떨었다.

고개를 두리번거리는 자하르를 보며 라울이 물었다.

“왜 그러십니까?”
“아니, 아무것도.”
그렇게 대답하며 자하르가 고개를 갸웃거린다.
그러면서도 주위를 두리번거리는 것을 멈추지 않았다.
잠시 시선을 돌리던 자하르가 걸음을 옮겼다.
“잠시 다녀오지.”
“어디 가십니까?”
라울이 자하르의 뒤를 따랐다. 그러자 자하르가 손을 저으며 라울을 제지했다.
“안 따라와도 돼. 금방 올 거야.”
“위험합니다. 흑마법사들이…….”
“나오면 때려잡으면 되지.”
그 말을 남기고 자하르가 걸음을 옮겼다. 몰래 따라갈까, 망설이던 라울이 결국 걸음을 멈췄다.

*　　*　　*

자하르는 아까부터 이상한 느낌이 들었다.
지금껏 한 번도 느껴보지 못한 기이한 느낌이었다. 감각도, 직감도 아닌, 이질적인 끈적거림이었다.
마치 누군가 부르는 것 같은.
자하르는 그 부름에 응했다. 위험한 느낌도 있었지만, 혼자 가야 할 것 같았다.

자하르가 향한 곳은 숙소에서 조금 떨어진 으슥한 골목이었
다. 한적한 골목에는 사람 한 명 지나다니지 않았다.

끈적거리는 느낌이 강해졌다.

이질적인 느낌이 전신을 뒤덮었다.

"기분 나빠……."

자하르가 입술을 곱씹었다.

이끌리는 대로 무작정 와보긴 했지만, 별다른 건 없었다. 오
히려 전신을 뒤덮는 끈적거림만 더 강해졌다.

'돌아갈까?

그런 생각이 들 무렵이었다.

조금 떨어진 곳에서 인기척이 느껴졌다.

'사람?

이런 으슥한 골목에 사람이 있다.

필시 좋지 못한 일을 꾸미고 있거나 범죄 따위를 저지르는
사람이 대부분이리라.

다른 때 같으면 무시하고 지나갔을 것이다. 정의의 사도도
아니고 자하르는 그런 것까지 일일이 신경 쓰고 다니지 않았
다.

하지만 이번엔 경우가 조금 다르다.

인기척이 가까워질수록 끈적거림이 더욱 강해졌다.

그리고 그 인기척의 정체 역시 어렴풋이 알 수 있었다.

"그런 거였군."

자하르의 입가에 미소가 번졌다.

쌀쌀한 밤공기를 맞는데도 등이 축축해졌다. 그만큼 긴장하고 있는 것이다.

이윽고 인기척이 가까이 다가와 자하르의 시야에 들어올 정도가 되었다.

후드를 깊게 눌러 쓴 로브인.

후드 때문이든, 밤중에 드리운 어둠 때문이든 얼굴은 보이지 않았다. 하지만 자하르는 그의 정체를 확실히 알 수 있었다.

이 끈적거림의 정체.

환생 이후 처음 느껴보는 생소한 감각.

자하르는 허리춤에 찬 검으로 손을 가져갔다.

로브인이 고개를 들었다. 후드 사이에서 흉흉하게 드러난 눈동자가 반짝였다.

어둠 속에서 로브인의 입이 천천히 벌어졌다.

"오랜만이군, 카르안."

자하르가 천천히 검을 뽑으며 오랜만이라는 상대의 말을 정정했다.

"천 년 만이다, 개자식아."

『소드 밀레니엄』 2권에 계속…

FANTASTIC ORIENTAL HEROES
백야 新무협 판타지 소설

낭인천하
浪人天下

THE TOWER OF BABEL

바벨의 탑

FANTASY FRONTIER SPIRIT

푸른 하늘 장편 소설

「현중 귀환록」 작가의 놀라운 귀환!
새시대를 열 강렬한 현대물이 등장하다!

극서의 사막을 헤메다 만난 버려진 기지.
그를 기다리던 것은… 차원을 넘는 게이트!

「바벨의 탑」

하늘에 닿기 위해 건설되었다가 신의 노여움을 사 무너진 바벨의 탑.
그 정체는 차원을 넘나드는 게이트였으니.

바벨의 탑의 유일한 주인이 된 진운!
그의 앞에 열리는 새로운 세상, 삶, 운명!

억압하는 모든 것을 부수고 나아가는
한 남자의 장렬한 이야기가 시작된다!

강렬함을 원하는가?
원한다면 읽어라!
『권왕강림』

주먹으로 마왕을 때려잡던 이계의 피스트 마스터, 카론!
나약한 왕따와 영혼이 교체되어 현대에 다시 태어나다!

"앞을 가로막는 자는 때려눕힌다!"

맨손으로 불평등한 세상을 평정할
위대한 권왕의 이름을 기억하라!

권왕 상두 강! 림!